それは十二階からはじまった

郵便集配人・喜三郎2

伊原 勇一
Ihara Yuuichi

郁朋社

それは十二階からはじまった／目次

装丁／宮田麻希

それは十二階からはじまった

——郵便集配人・喜三郎2——

第一話　掏摸《すり》がとおれば刑事がひっこむ

一

（まっこと、退屈で仕方なか……）

国東英太郎《くにさきえいたろう》は、なんども欠伸《あくび》を噛み殺していた。春眠暁《しゅんみんあかつき》を覚えずというが、この眠さは三月という季節のせいだけではなかった。

一階の最後部の端席からはるか遠くを眺めやれば、舞台の両脇には白亜《はくあ》の円柱がしつらえられ、中央上部には赤十字の紋章がほどこされている。その舞台前のオーケストラボックスで楽団が優雅に奏《かな》でるバイオリン、チェロなどの弦楽器や、フルート、クラリネットなどの管楽器の音色が眠気をさそってくる。ときどき太鼓の音がドンと鳴って眠気が吹き飛ぶが、しばらくするとまた朦朧《もうろう》とした意識にもどっていくのである。

今日の演目は全部で十幕あり、舞台の幕がかわるたびに役者の位置やポーズが入れ代わるとはいえ、すでに三幕めで国東は飽《あ》きてきた。

（いったいどこがどうおもしろいのか、さっぱり分からん……）

ガス灯の明かりを浴びて、じっと佇《たたず》む役者たち。舞台上の動きがまったくないので、退屈しのぎに客席に目をやると、燕尾服《えんびふく》やドレスを身にまとった官吏《かんり》や上流階級の人びとが身じろぎもしないで舞台に見入っている。閉幕したら、そのまま舞踏会《ぶとうかい》に出かけられるような服装である。国東にはこんな退屈な演劇をさも楽しそうに鑑賞している人びとの気が知れなかった。

ここは東京にある虎ノ門《とらのもん》工科大学の講堂。博愛社（日本赤十字社）が寄付金集めのために、日本では初めてという活人画《かつじんが》を上演している。

ヨーロッパが発祥の活人画は、舞台の上で、扮装した役者が最初から最後まで身動きもせずに、画中の人物のように見せる演劇である。歴史上の有名人物や文学の一場面、名画などを題材にする。

（生きているのに微動だにしない人間より、生人形《いきにんぎょう》のほうが、おもしろか……）

国東警部は心のなかで愚痴《ぐち》をこぼす。生人形とは、人形なのにまるで生きているように見える等身大の人形。もともと人形であるものを飾り立てるものであり、活人画とは別ものである。

そもそも警視庁のベテラン警部の国東英太郎がなぜこんな畑違《はたけちが》いの会場にいるのかというと、要人警護のためであった。会場にはおよそ八百人以上の観客が詰めかけているが、そのなかに何人もの貴《き》顕《けん》が顔をそろえていた。

皇族では伏見宮《ふしみのみや》夫妻、有栖川宮《ありすがわのみや》夫妻、政府高官では総理大臣・伊藤博文《いとうひろぶみ》、陸軍大臣・大山巌《おおやまいわお》、文部大臣・森有礼《もりありのり》、内大臣・三条実美《さんじょうさねとみ》ら。内務大臣・山県有朋《やまがたありとも》と、逓信《ていしん》大臣・榎本武揚《えのもとたけあき》は妻同伴。外国公使ではフランス公使、ドイツ公使、アメリカ合衆国公使らがいて、いずれも妻同伴である。

要人に万が一のことがあってはならないから、警視庁は警部、私服刑事、巡査ら多くの警察官を動員し、この日の警備に万全を期していたのだった。

「ようやく終わりに近づきましたね」

私服の上迫善吉《うえさこぜんきち》刑事が、すでに会場の最後部の端席から立ちあがっていた国東警部に近寄ってきて耳打ちした。

「やれやれじゃな。何事もなく終わりそうで、ほっとひと息じゃよ」

国東警部はやっと退屈な任務から解放されると安堵《あんど》した。

ところが、すべての演目が終わって、会場の照明がついたとき、座席から立ちあがった人びとの怒《ど》声《せい》が場内に飛び交った。

「わしの懐中時計がない！」

「鞄《かばん》に入れておいた首飾りが消えているわ！」

「財布をとられた！」

何人もの男女が口々に叫んだ。

国東警部はじめ警察側は、予想外の事件発生に色めきたった。じつは警護の対象は、おもに政府要人に向けられていたから、その他の観客への心配りが不足していたのだった。その盲点をみごとに突かれたのだ。

国東の気のゆるみに乗じるように、まんまと掏摸《すり》一味は目的を遂げたのである。

「出口を封鎖しろ！　観客を帰すんじゃなか！」

国東警部は部下たちに大声で命じた。

「警部、無理です。八百人もの人間を留め置くことなぞ、できはしません。そもそも、すでに会場を出てしまった者も大勢います！」

顔色《がんしょく》をうしなった上迫刑事が絶叫する。

「うむむむ……」

国東警部は唇を噛み、掏摸一味の犯行に憎しみをおぼえると同時に、自分の手抜かりを呪《のろ》った。

「なんたることか！」

国東警部は、会場に響きわたるような大声で叫んだ。

その後は大混乱となった。財布や貴金属などを盗まれた裕福商人や婦人から、盗られたものはかならず取り返してくれと懇願されたり、大臣秘書からは警護の甘さについて非難されたり、すったもんだの始末となったが、言われることは至極もっともなことなので、国東警部は平身低頭《へいしんていとう》するしかなかった。

ただ幸いだったのは、皇族や大臣レベルの人びとに被害が出なかったことだった。もっとも、装身《そうしん》具《ぐ》をのぞけば懐中時計も財布も彼らには特に必要ないので、所持することがなかっただけのことだった。時刻を知りたければ側近の者に聞けばいいし、支払いがあるときにはお供の財布から出させればいいのである。

（それにしても、にっくきは掏摸の一味じゃ。なんで、こんな会場にもぐりこんだのだ）

あらためて怒りが込みあげてくる国東英太郎であった。

二

同じ日の昼近く。

食事をとりに神田郵便支局にもどろうとしていた藤丸喜三郎《ふじまるきさぶろう》は、神田雉子町《きじちょう》の大通りを歩いていた。

（おや？）

一町ほど先の辻のあたりに、人が集まっていた。近づいてみると、商人風の四十半ばの男が二十代の遊び人体《てい》の男ににじり寄っていた。

商人風の男には見覚えがなかったが、その男に従っている十歳くらいの丁稚小僧の顔は知っていた。

（あの小僧、たしか沢野屋の……）

沢野屋は神田須田町《すだちょう》にある老舗《しにせ》の水菓子問屋である。

「あたしの紙入れを返してくれ！」

商人が相手の男の着物の襟《えり》をつかんで、責め立てている。

「あの中には、集金してきたばかりの大事な金がはいっているんだ。あれがなければ、得意先に支払いもできないんだ！」

商人はどうやら沢野屋の主人らしかった。

「そんなこと言われたかてなあ、わてはなにも盗んじゃおらん。濡《ぬ》れ衣《ぎぬ》でっせ」

「あんたに肩をたたかれてふり返ったあと、すぐに懐中をたしかめたら、紙入れがなくなっていたんだ。それまではたしかにあったんだ。あんた以外のだれが取ったというんだ！」

「こまったなあ。もう一度、来た道をもどって探してみたらどないだす？」

男は右手で着物の襟前《えりまえ》をなおしながら、のらりくらりと言い逃れる。

ふたりを囲んで、野次馬たちが興味津々《しんしん》といった顔で見守っている。

「仕方おまへん。そない言うなら、下帯ひとつになって、身の潔白を証明しようじゃおまへんか」

そう啖呵《たんか》を切ると、男はスルスルと三尺帯をとき、威勢よく着物を脱ぎ捨てた。あとには下帯ひとつの体が残った。

「褌《ふんどし》のなかまで調べまっか、旦那《だん》はん」

男はニヤリといやらしく笑った。

紙入れが出てこなかった現実を見せつけられた沢野屋の主人は、戸惑った顔を見せたあと、言葉も出なかった。

「どないします？　昼日中から仰山《ぎょうさん》のひとの前で恥をさらしたんや、それなりの落とし前をつけてもらわなあかんのやないか」

男の静かな恫喝《どうかつ》に、沢野屋の主人はなにも言えなかった。うつむいて、悔しそうに唇を噛んでいる。

「あいにくと、紙入れを落として示談金《じだんきん》も出せへんようだから、このへんで勘弁してやりますさかい、二度と言いがかりをつけんといてください」

男は毒づくと、地べたに脱ぎ捨てた着物を素早く身につけて、すたすたとその場から立ち去った。

それをしおに、野次馬たちも関わりを恐れるように三々五々、散っていった。あとには、途方に暮れた沢野屋の主人のたたずむ姿だけが残った。

「旦那さま……」

丁稚が涙ぐんだ目で主人を見あげて、つぶやいた。

喜三郎は、いやなものに出くわしたと思った。というのも、瞬時におこなわれた掏摸の現場を目撃してしまったからだった。二十代の男がうしろから商人の肩をたたくと、何事かと商人がふり返った。その隙をねらって三十代の別の男が前にまわって商人の懐中から紙入れをサッと盗みとったのだ。二人組の掏摸がよく使う方法だ。

ふたりは仲間にちがいない。いくら沢野屋の主人が問い詰めても、二十代の男の着物のなかから紙入れが出てくるはずもないのだ。

（巧妙な手を使いやがる……）

配達途中ではあったが、看過《かんか》できないと思った喜三郎は、二十代の男の後をつけていった。男はうまくやりおおせて気分がいいのか、調子よく歩いていく。

しばらくして街並みが途切れると小さな稲荷神社があり、男は鳥居をくぐって境内にはいっていった。石灯籠《いしどうろう》の台石に腰を下ろすと、男はヒュッと指笛をふいた。すると、社のうしろから先ほどの三十代の男が姿をあらわした。

「首尾は上々どしたな」

二十代の男が上機嫌で言った。

「どれどれ……」

三十代の男が紙入れのなかをのぞく。

「百二、三十円ってとこか。まあまあやな」

男はもう少し金がはいっていると期待していたらしく、少々当てが外れたようだった。

「これは、お前の取り分や」

三十代の男は紙入れから数枚の十円札を取りだすと、二十代の男にわたした。

その場面を見届けてから、喜三郎は声をかけた。

「段取りどおり、うまくいったと思ったようだが、そういうわけにはいかないよ」

鳥居の陰から姿をあらわした郵便集配人の言葉に、ふたりの男の表情に緊張が走った。

「なんや、お前！」

三十代の男が懐に紙入れをねじ込んで、立ちあがった。

「見てのとおりの者だ」

喜三郎は、饅頭笠《まんじゅうがさ》の先を右手ですこし持ちあげて、男たちを睨《にら》みつけた。

「お天道《てんとう》さまの見守る昼日中に、他人様《ひとさま》の懐をねらうとは、どうしたって許されることじゃなかろう」

「やかましい、郵便屋風情《ふぜい》がなにを抜かしてけつかる！」

吼《ほ》えると同時に、二十代の男が懐から匕首《あいくち》を抜きだして、喜三郎に襲いかかった。

匕首がふりおろされると、饅頭笠の前の部分がスパッと切り裂かれた。喜三郎はすぐに顎ひもをといて、投げ捨てた。

「くたばれ！」

二十代の男が突いてきた右手を両手でつかむと、喜三郎は身を低くして相手の体の下に飛び込み、腰を跳ね上げて一本背負いのように投げた。男はみごとに背中から落ちて、一瞬、呼吸困難におちいり、「う……」と呻いたまま起き上がることができなかった。

「ふざけやがって！」

こんどは三十代の男が懐から匕首を取りだした。男の顔が急に険しくなり、殺気が感じられた。素《す》手《で》と匕首では、戦う前から勝負は決まっている。喜三郎は油断なく相手の動きを牽制《けんせい》しながら、なにか得物《えもの》はないかと周囲を見まわした。

銀杏《いちょう》の木の根元に長さ二尺（約六十一センチ）の枝が落ちているのを見つけると、喜三郎はその場に走り寄り、それを拾い上げた。くの字に曲がった枝だが、十分役に立つ。

（これで、少なくとも五分《ごぶ》に戦える……）

喜三郎は右手で枝をにぎり、枝先を相手に向けた。

喜三郎は若くして柳剛流《りゅうごうりゅう》の目録を許された。柳剛流は剣術はもちろん、居合い、杖術《じょうじゅつ》、薙刀《なぎなた》と、なんでも扱う流派である。腕に覚えがある喜三郎にとって、たとえ一本の小枝でも屈強《くっきょう》の武器となる。

「そんなもんでドスの相手ができるんかい」

三十代の男は不敵に笑った。

「あほんだら！」

男が右手でにぎった匕首を突きだしたとき、喜三郎は横に逃げて、枝で男の右手を叩いた。

「いつっ」

匕首が男の手から落ちた。

喜三郎はすかさず、枝で男の顔面を叩いた。小枝の先が目に刺さり、男は「うわっ！」と大声をあげて地に倒れた。

「てめえ、ふざけやがって！」

先ほどまで起きあがれなかった二十代の男が立ちあがり、三十代の男が落とした匕首を拾いあげた。目が血走っている。

「おいこら、静まれ、静まれ！」

そこへ、ふたりの巡査がサーベルの音をガチャガチャいわせて駆けつけてきた。

二十代の男はすぐに匕首を取りあげられ、地べたにのびていた三十代の男は立たせられ、ともに捕縄をかけられた。

「郵便集配人が賊に襲われているという通報があったんじゃ」

三十代の巡査が喜三郎に言った。

「ありがとうございます」

喜三郎は礼を言うと、制服の汚れをはたき、匕首で切られた饅頭笠を拾いあげた。ふたりの男は近くの交番に引っ立てられた。

「おはんからも事情ば聴きたいから、交番所まで来てくれ」

「承知しました」

喜三郎も事情聴取を求められ、あとからついていった。

三

国東英太郎警部と上迫善吉刑事は、鍛冶橋《かじばし》にある警視庁から日本橋まで歩いていくと、とおりかかった馬車鉄道を手を上げて停め、乗車した。中にはすでに五人ほど男女が乗っていた。

「そこが空《あ》いとる」

奥の座席にふたり並んで腰かけた。

「相変わらず車内は汚いのう」

遠慮なく小言を言う国東警部の顔を見た乗客たちは、一様に嫌な顔をした。

馬車鉄道の不衛生さは車両だけではない。牽引《けんいん》する馬が路上に糞尿《ふんにょう》をまき散らすので、市民から苦情が絶えなかった。

途中、何人かの乗客の入れ替えがあったが、リンリンと鈴を鳴らして馬車は上野山下《やました》辺りまでやって来た。

「ここで降りるぞ」

先に国東警部が降り、上迫刑事がつづいて降りた。

馬車が通りすぎるのを見送ると、ふたりは不忍池《しのばずのいけ》のほとりまで歩いた。散歩している人びともいて、のんびりとした春景色である。池の真ん中の中之島《なかのしま》にある弁天堂の六角形の屋根が見える。

「今日は競馬はやっていないようじゃな」

国東はひとりごちた。

三年前の十一月、不忍池の周囲約千五百メートルに競馬場がつくられた。庶民の娯楽の場というより、鹿鳴館《ろくめいかん》同様、欧化政策のひとつであったが、周囲の風景が様変わりしてしまったと批判の声も絶えなかった。

「歩きながら、捜査の打合せじゃ」

「はあ」

「おはんは若いから、つい血気《けつき》にはやって訳の分からんこつをしゃべり出すおそれがあるので、いま伝えておく」

「はあ」

上迫刑事は二十代半ば。国東警部から見れば、息子も同然の年齢である。

「まず言っておくが、こちらが向こうを犯罪者じゃと思うちょる気配を毫《ごう》も感じさせてはいかんぞ」

「ですが警部、掏摸ってのは犯罪者じゃないんですか」

「じゃから、おはんは若いと言うんじゃ。これから訪ねる巾着豊《きんちやくとよ》という掏摸はな、この東京でいちばんの勢力をもっておる親分じゃ。手下は百人、いや二百人はおるかもしれん。それゆえ、多くの子分を従えておるという誇《ほこ》りがある。そんな男に、警察風を吹かせて威圧するような態度を示してみろ。聞けることも聞けなくなってしまうぞ」

「はあ……」

上迫刑事は納得がいかないような顔をする。

「それじゃ、もうすこし講義しておくが、旧幕時代からお上《かみ》と掏摸とは切っても切れぬ腐《くさ》れ縁《えん》があるんじゃ」

江戸から東京と名はあらたまったが、この町は相変わらず「掏摸の町」だった。

江戸時代の資料によれば、江戸には巾着切り（掏摸）は一万人以上もいたという。掏摸という裏社会のことだから、一万人という数字も定かではない。話半分としても五千人、十分の一としても千人もいたわけであるが、この流れは明治になっても変わらなかった。しかも一匹狼は少なく、ほとんどが同業組合のような組織に属していたから、むしろ経営団体、営利企業の体《てい》を成しているといってもいい。どんな組織にも、それを維持継続するための掟《おきて》や作法が決められている。掏摸集団でも当然、その決まりを破った者は親分から厳罰に処せられることになる。商売道具の指を折られたり切られたり、ときには命にかかわるような仕置きをうける場合もある。闇の世界のしきたりは、堅気《かたぎ》の人間には想像もつかない。

一方、警視庁は掏摸集団を見逃しているところがあった。毒をもって毒を制するというが、警察としては、掏摸をつうじて裏社会の博打《ばくち》、強盗、詐欺《さぎ》などの情報集めをして手柄とし、掏摸の方は情報を提供する見返りとして犯罪を見逃してもらう。そのため刑事に賄賂《わいろ》をわたすこともある。警察側としては、返して欲しい盗品があれば、交換条件をもって親分のもとに出向く。まさに両者は、持ちつ持たれつの関係にあった。端的《たんてき》にいえば、国東警部が指摘したとおり、腐れ縁といった方が適切かも知れない。

つまり、警察の力では掏摸を一網打尽《いちもうだじん》にすることなぞ到底不可能であり、たとえ捕らえたとしてもそれほどの大人数を収容する施設がないのだ。結果、盗んだ金品を返却させてふたたび市井《しせい》に解き放つということになる。そして、その「お目こぼし」を交換条件に警察は裏社会の情報を入手するのである。

くわえて市民の方でも、仕返しを恐れて大ごとにせず、泣き寝入りするということもしばしばあった。

「警察がそんなことでいいんでしょうか」

若い上迫刑事には実情がよく呑み込めないようだった。

「まあ、そういうことじゃ。とにかく、巾着豊に訊ねるのはおいに任せて、おはんは黙っておれということじゃな」

「はあ……」

上迫刑事は不満そうな顔をした。

ふたりがいま向かっている根津《ねづ》は、湯島の台地と上野の台地のちょうど谷間に位置する。根津権現が鎮座《ちんざ》し、参拝客相手の料理茶屋や岡場所もあっていつも賑わっていた。門前地にはところどころ清水が湧いている。東側には藍染川《あいぞめがわ》が流れ、いま通ってきた不忍池にそそいでいる。

「ここじゃな」

国東警部がある家の門前で立ち止まった。

巾着豊の住まいは、門から玄関まで飛び石が敷かれ、両側には梅や椿の木が植木職人の手によっていい塩梅《あんばい》に植えられていた。

「掏摸がこんな立派な屋敷に住んでいるとは思いもしませんでした」

上迫刑事がびっくりして国東警部に話しかける。

「おいの住まいより立派じゃよ」

国東警部が苦々《にがにが》しく答える。

玄関で案内を乞《こ》うと若い男が出てきて、ふたりは奥座敷に導かれた。十畳ほどある部屋の床の間の違い棚には、陶器の瓶《かめ》や蒔絵《まきえ》の文箱《ふばこ》などが置いてあり、裕福な暮らしぶりを誇示するようだった。ぴかぴかに磨き立てた廊下の向こうには池があり、そのわきに小さいながらも築山《つきやま》が見える。小鳥がやって来て小枝にとまったかと思うと、葉をゆらして忙《せわ》しなく飛び立っていった。

「なんだか落ちつきませんね」

座蒲団にすわった上迫刑事が言う。「うむ」と答えた国東警部も尻が落ちつかなかった。というのも、ふたりが通された座敷の隣室に、子分が三人ほど正座をしてこちらをじっと見つめていたからだった。この家では勝手なことはさせないぞという威圧とも思われた。

しばらくして、ごま塩頭の恰幅《かつぷく》のいい精悍《せいかん》な男がやって来た。床の間を背負って、大きな座蒲団にどっかと腰をおろすと、「旦那がた、ご苦労様です。で、今日はどんな御用でしょう?」とあいさつした。微笑んではいたが、目は用心深そうにぎろりと光っていた。

巾着豊は浅草阿部川町《あべかわちよう》生まれの四十二歳で、本名を小西豊吉《こにしとよきち》という。父親の喜左衛門は越中富山《えつちゆうとやま》で酒問屋を営んでいたが、一念発起して江戸に上り、酒屋を開業する。親の苦労子知らずで、金に不自由しない息子の豊吉はいわゆる飲む、打つ、買うの遊蕩三昧《ゆうとうざんまい》。浅草蔵《くら》前《まえ》に巾着屋の屋台を出していたのはほんの短い期間で、持ち前のやくざな性格が頭をもたげて掏摸の世界にはいった。二十二歳のときだ。もと巾着屋をやっていた豊吉だというので、通称が巾着豊。

裏社会の水が合っていたのか、巾着豊は近ごろでは東京市中の掏摸を傘下《さんか》におさめ、羽振《はぶ》りがすこぶるいい。子分のだれもが、「腹の据《す》わった、いい親分です」と褒め称《たた》えているほどだ。

「実はな、親分に頼みがあってやって来た」

国東警部が巾着豊の目を見つめて言った。

「なんです、頼みってのは。あっしにできることならご協力いたしましょう」

巾着豊は煙草盆から煙管《きせる》をとりだし、長火鉢の火を煙草につけた。なかなか堂に入った仕草《しぐさ》で、さすがは東京でいちばんといわれる掏摸の親分の貫禄であると若い上迫刑事は思った。

「昨日のことじゃ。虎ノ門で活人画の上演があったんじゃが、政府のお偉いさんやら裕福な商人やらが大勢見物に来ていてのう。その客のなかに某国《ぼうこく》の公使がおってな、君主からさずかった貴重な懐中時計が鎖を断ち切られて盗まれたというんじゃ」

国東警部はそこで、巾着豊の手下がもってきた茶で喉をうるおした。

「ナシは金マンですかい、それとも銀マンですかい?」

煙草の煙を口から吐きだし、巾着豊は訊ねた。

掏摸の隠語でナシは品物、金マンとは金の懐中時計、銀マンとは銀の懐中時計のことである。懐中時計は丸くて饅頭に似ているので、マンジュウという。

「銀マンのほうじゃが、時計の値打ちうんぬんよりも、その公使の名が蓋《ふた》の裏に刻まれた栄誉ある時計じゃということじゃ。なにかの褒美《ほうび》でもろうた世にふたつとない貴重な品だから、ぜひ取り返してほしいと警視庁のほうに依頼があった」

国東警部は巾着豊の顔をまっすぐに見て答えた。掏摸の隠語は当然、警察側でも流用されている。

「銀マンのサクを断ち切ったということですが、そいつはどうやら東京のモサじゃねえですね。アタリを使うのは、粋《いき》じゃねえって東京のモサが嫌う手口でさあ。京、大阪のチボの仕業《しわざ》のような気がしやすよ」

サクは鎖、アタリは刃物、モサは東京での掏摸、チボは関西方面での掏摸のことをいう。裏社会に生きる掏摸には、とにかく隠語が多い。

隠語はもともと「かくしことば」といったが、漢字をあてて隠語と呼ばれるようになった。「隠す」という言葉が示すとおり、その本質は秘密性にある。ある特定の専門家や仲間内だけに通じる言葉や言いまわしのことで、外部に秘密がもれないようにしたり、仲間意識を高めたりするために使われる。

一般には香具師《やし》、博徒《ばくと》、犯罪者集団などの符丁《ふちょう》言葉をさすが、同じ盗人でも掏摸と窃盗とでは用語がことなる場合があるし、秘密を守るためにしばしば変化するので仲間内でなければわからない言葉も多い。

隠語はふつう、一般語を短縮したり、上下をひっくり返したりして作られる。警察がサツ、紙入れがミイレ、感づくがヅク、場所がショバ、職人がニンショク、監視がシカン、鞄がバンカなどが代表的なものだ。

語源が不明なものが多い隠語のなかで、凝《こ》ったものもある。財布は与市兵衛《よいちべえ》または与市というが、これは忠臣蔵から来ている。与市兵衛が娘のお軽《かる》を祇園《ぎおん》へ売った前金五十両を、山賊に身を落とした斧定九郎《おのさだくろう》に奪われる五段目が由来《ゆらい》だ。巡査をボウと呼ぶのは、明治のはじめに巡査が三尺の警棒を携えていたからだという。煙草をモクというのは、雲の読みをひっくり返すと同時に煙が雲に似ているからであり、刑事をデカと呼ぶのは、江戸から明治にかけて岡っ引きが角袖《かくそで》を着ていたので、ひっくり返してデカといったという。

「関西からわざわざ掏摸をしに上京してきたというのか」

巾着豊の話を聞いた国東警部はあらためて確かめた。

「へい。あっしら東京のモサだって、よく上方《かみがた》には仕事で出かけていきますぜ」

「関西の掏摸か……。それで、どいつがすったのか、心当たりはなかなか？」

「いまは分かりませんが、あっしのほうでも調べてみます。見つかったら、いつもの伝《でん》で、お送りしますよ」

巾着豊はそう答えると、もう話は終わったというように、くわえていた煙管の雁首《がんくび》を灰吹きにコツンと叩いた。

見つかった盗品は、書留小包で警察に送るのが掏摸の習わしになっていた。

四

巾着豊の住まいをあとにした国東警部と上迫刑事は、やたらと寺の多い谷中《やなか》をとおって次の目的地の根岸《ねぎし》に向かって歩いていった。不忍池をまわるよりも、こちらのほうが近い。

谷中は、徳川家康入府以来、大きな寺院が次々に建てられ、とりわけ三代・家光から五代・綱吉の時代にかけて寺院が集中し、寺町となった。なかでも天王寺《てんのうじ》は広大な寺域を有し、境内にある五重塔や興行を許された富くじで人びとに知られていた。

近辺には、五年前にイギリスの建築家のジョサイア・コンドル設計によって建てられた博物館があるが、そのとき付属施設として動物園が開園された。昨年、来日中のチャリネ曲馬団の雌虎《めすとら》が三頭の子を産み、雌雄二頭と動物園のヒグマを交換し、今年二月から一般公開したところ、人気を博して入場者が増加したという。

ふたりは寺と寺にはさまれた細い道を、のんびりと歩いていく。

「ところで……」

「また捜査の打合せですか」

「うむ。これから会う清水熊《しみずくま》は年齢はさっきの巾着豊より若く、巾着豊に次いで二番目の勢力を有しておる。いまは親分になって平場《ひらば》に出ることはなくなったが、現役時代にはずいぶんと腕を鳴らしたそうじゃ」

清水熊は通称で、本名は清水文蔵《しみずぶんぞう》という。嘉永《かえい》五年生まれというから、三十五歳になる。播州《ばんしゅう》姫路藩士・清水又左衛門の倅《せがれ》で、十五歳で叔母《おば》の巾着を盗み、父から勘当《かんどう》。十八歳で結婚。文字どおり、「白浪《しらなみ》五人男」の忠信利平《ただのぶりへい》のセリフ「ガキのときから手癖が悪く」を地《じ》で行った男だ。巾着豊が東京市内を縄張りとしているのに対して、清水熊は地方や「ハコ」といわれる汽車を主な仕事場としていた。掏摸としては巾着豊より凄腕《すごうで》で、「一度だってドジを踏んだことはねえ」が口癖だった。

「根岸といえば、この辺りじゃが……」

根津を出て三十分近くも歩いただろうか。

「ずいぶんと風流なところですね」

上迫刑事が周囲をながめながら言う。

根岸は、上野の山の北側の崖下に位置する。近くには音無川《おとなしがわ》が流れ、鳥が鳴き、草花が多く、自然にめぐまれた閑静《かんせい》な場所だ。とりわけ春先の鶯《うぐいす》は有名で、風流人から「初音《はつね》の里」と呼ばれた。旧幕時代には文人や富裕商人の寮があちこちにあった。

「うむ。ここらしい」

柴葺《しばぶ》きの門の前で国東警部が立ち止まった。巾着豊の屋敷とは違って、質素に見える。門をくぐったふたりは、玄関で声をかけた。若い男が出てきて、こちらの来意《らいい》を伝えると居間らしき部屋に案内した。長火鉢が置いてあり、そのうしろに神棚があって、灯明《とうみょう》がともっていた。

待つ間、つぶし島田の髪で黄八丈《きはちじょう》に鹿子《かのこ》絞《しぼ》りの帯をしめた色白の十代の女が茶をもって部屋にはいってきた。国東警部は以前、清水熊の妾腹《しょうふく》の子に器量のいい娘がいるということを耳にしたことを思いだした。どうやら清水熊の娘らしい。掏摸の娘にしては、どこか品がある。

「粗茶ですが、どうぞ」

茶托《ちゃたく》にのった湯呑み茶碗をふたりの前におくと、娘は楚々《そそ》としたしぐさで部屋から出ていった。

その娘と入れ代わるように、五分刈《ごぶが》りで太い眉毛の下の目が鋭く、浅黒い肌をした精悍そうな男があらわれ、ふたりの正面の座蒲団に腰をおろした。

「べっぴんの娘さんでごわすな」

国東警部がお愛想を言った。

「くにと言います。お転婆《てんば》で困りますよ。裁縫なんぞ習わせて、すこしはおしとやかになるかと思っておりましたが、なかなか」

娘のことを話す清水熊は、たちまち普通の父親の顔になった。外にできた娘だが、この家によく遊びにくるのだと清水熊は言い添えた。

「所帯でももてば落ちつくと思いますんで、だれか、いい相手がいませんかね」

掏摸の父親が警察の人間に娘の縁談を打診するとは、食えない男だと国東警部は思った。

「で、警部さん、今日はどんな御用で?」

打って変わった鋭い目つきで清水熊が訊ねた。

「親分に折り入って頼みがあってのう」

国東警部は単刀直入《たんとうちょくにゅう》に、先ほど巾着豊の家で話したことと同じことを依頼した。

「そりゃあ、どこにもはねっ返りの若いもんはおりますがね。うちじゃあ、みっちりと教育してますんで、見当違いだと思いやす。日ごろから、お偉いさんが集まるような場所では、けっして仕事をするんじゃねえときつく言ってありまさあ」

「……」

国東警部は清水熊の話の真偽《しんぎ》をさぐるように、じっと見つめた。

「銀マンのサクを断ち切るってえ荒っぽい手口から見て、どうも関東のモサの仕事じゃねえような気がします。関東のモサには誇りってものがありやすからね。タタキやカツと同じに思われちゃ、心外ですよ。関西のチボの仕事じゃねえでしょうか」

清水熊の意見も巾着豊と同じだった。タタキは強盗、カツは恐喝《きょうかつ》のことだ。

東京では、新宿、下谷《したや》、本所《ほんじょ》、京橋、麹町《こうじまち》など各地に少人数ながら子分をもつもぐりの親分がいた。なかでも新宿には、京、大阪から上京した一団が巣くっていた。新宿組のなかには親分子分の上下関係もなく、大人数を指揮統率する親分はいなかったが、それだけにドスやナイフを懐中に忍ばせた乱暴者が多かった。なにをしでかすか分からない彼らのことを東京の掏摸たちは迷惑に思っていたし、一般市民も怖がっていた。

(やはり、関西の掏摸の仕業か……)

事件の見通しが立ちそうだと国東警部は思った。

庭の梅の木にとまった鶯が、ひと声、ケキョと鳴いた。

清水熊の家を出たふたりは、上野広小路《ひろこうじ》に足を向けた。坂道をのぼっているとき、若い上迫刑事の腹がグーという大きな音をたてて鳴った。

「そうか、昼飯はまだじゃったのう」

「だいぶ前に午砲《どん》も鳴ったはずです」

午砲というのは正午を報じる号砲のことで、東京では皇居内で正午に近衛《このえ》砲兵が空砲を撃つ。

「近くに一膳飯屋でもなかろうかのう」

国東警部といっしょに上迫刑事も目をきょろきょろさせて店を探した。

そこへちょうど、向こうから「パン、パン、木村屋のパン」と売り声を発しながら男がやって来た。シルクハットをかぶり、色あせた燕尾服を着て、明らかに作り物だと分かる付《つ》け髭《ひげ》をつけていた。動物園がえりの子どもを当てこんで、周辺で商売をしているのだろう。

「パンでも食うか」

国東警部は男に近寄って、「餡《あん》パンを三つくれ」と言って小銭をわたした。

「へい、まいど！」

男は首からひもで下げたブリキ製の太鼓の上ぶたをあけると、中に手を入れて餡パンを三つ取りだし、国東警部にわたした。

「山岡鉄舟《やまおかてつしゅう》先生のおすすめで、明治天皇も召しあがった逸品《いっぴん》でございますよ」

男は誇らしげに微笑《ほほえ》むと、「パン、パン、木村屋のパン」と再び囃《はや》しながら立ち去っていった。

「そこに座るか」

目の前に小さな寺があり、山門の前の石段を見つけると、ふたりはその端に腰をおろした。

「おはんは若いから、ふたつくらい食えるじゃろう」

国東警部は餡パンをふたつ、上迫刑事にわたすと、大きな口をあけて自分の分にかじりついた。

「こりゃ、うまい！」

国東警部は子どものように笑った。

木村屋のパンは牛鍋や牛乳と同様、文明開化を代表する食物として市民にひろまった。木村屋は明治二年に芝日陰町《しばひかげちょう》で文英堂という店名でパン屋を開業。翌年、京橋区尾張町《おわりちょう》に移り、屋号を木村屋と改める。明治七年には銀座に店を移し、たいそう繁昌していた。イースト菌ではなく、酒種《さかだね》でつくった餡パンは手数がかかった分、日本人の好みに合致して好評で、東京の名物にもなっていた。

「餡パンもたまに食うと、うまいもんじゃのう。このパンのへそに埋めこんである桜の花の塩加減が、餡パンの甘さを引き立てておる」

国東警部は蘊蓄《うんちく》をたれながら、むしゃむしゃと頬張る。

「そうですね」

返事もそこそこに、上迫もふたつめの餡パンを口に入れている。

目の前の道をときどきひとが行き来する。大《だい》の大人がふたり、石段に座って餡パンを食べている姿を見て、一様にくすくす笑ってとおりすぎる。国東警部は意に介《かい》さないようだが、若い上迫刑事はなんだか気恥ずかしかった。

「甘いもんは疲れをとるっちゅうが、こうしてのんびりと食っておると仕事なんぞ忘れてしまうな、はははは」

「警部、髭にあんこがついてますよ」

上迫刑事が教えてやる。

「ほう、そうか」

国東警部は右手で口髭のあんこを払った。そして、上迫刑事の顔をじっと見て、「おはんの口の端にもあんこがついとるぞ」と言って、はははと笑った。

上迫刑事はあわてて、口の端を手でぬぐった。

一方、関西系の二人組の掏摸を捕らえた喜三郎は、その翌日から、何者かにつけられている気配を感じていた。仕事中も、住まいにもどってからも気配は消えない。どうやら無言の圧力をかけているらしいと喜三郎は思った。気が弱い男なら、つねに正体不明の影に怯《おび》えて怖《お》じ気《け》づくはずだという人間の心理を読んだやり口だ。ただ、ふたたび喜三郎に手を出せば警察が動き出すだろうと判断しているのか、実力行使には出てこない。

ところが、ある日を境にぱったりとその気配が消えたのだった。

(いったい、なにがあった……)

喜三郎はほっとしたが、自分の知らないところでなにかが動いたのだと思った。

数日後、警視庁に書留小包がとどいた。差出人の名はでたらめだったが、巾着豊か清水熊が送ってきたのはまちがいない。中をあらためると、銀時計が出てきた。蓋の裏に、横文字で人名が刻まれている。活人画会場で、某国公使がすられたというあの時計である。国東警部はそれをもって公使のもとを訪れ、この一件は落着した。

五

仕事から帰った喜三郎は、晩飯をどうするかと考えた。

独り暮らしの身である。大量の飯を炊いても、一度には食いきれないので取り置きをするが、梅雨《つゆ》時《どき》や夏場にはすぐに腐ってしまう。三度三度の飯は表で食うか、さもなければ長屋の奥まで煮売《にう》り屋が来てくれるので、おかずはそれで調達することにしている。

（さて、今日はどうするか……）

煮売り酒屋で肴《さかな》をつまみながら酒を飲むか、蕎麦屋で蒲鉾《かまぼこ》や昆布の煮染《にし》めをつまみながら酒を飲み、仕上げに蕎麦でも食ってくるか、選択に悩んでいた。

「帰っておるかい」

野太い声が聞こえたかと思ったら、腰障子をあけて国東英太郎がはいってきた。持ってきた麻袋を畳の上におくと、なかから徳利を取りだした。

「盃《さかずき》はなかか」

国東に催促《さいそく》されて、喜三郎は台所から盃と箸をふたり分もってきた。

「おはんとキスを引こうと思ってな」

「どういうことです？」

「キスは酒、キスを引くは酒を飲むという掏摸の隠語じゃ」

「掏摸の話はもう結構ですよ」

「そうか、はははは」

国東はいたずら小僧のように大きな声で笑うと、盃の酒を一気に飲み干した。

「晩飯がまだじゃろうと思ってな、屋台でいなり鮨《ずし》を買《こ》うてきた」

国東は麻袋のなかから竹の皮につつんだいなり鮨を取りだした。細長い鮨が三本並んでいる。

「おいは、甘辛く煮た油揚げが大の好物でな」

国東はさっそくいなり鮨をつまんで口に入れ、「うまか！」と声をあげた。

この国東英太郎という人物の背後には生活の匂いが感じられない。年齢は五十近くだと以前聞いたことがあるが、はたして女房がいるのか、子どもがいるのか、よく分からない。思いきって本人に聞いてみればいいのだが、それほどの関心は喜三郎にはないし、聞いてしまったら国東英太郎の領域に引きずりこまれる懸念《けねん》があって、わざと聞くのを避けているところがあった。

一方、喜三郎も自分のことはほとんど国東には話さない。つかず離れず、それがこの国東英太郎と接する最善の仕方だと喜三郎は考えていた。

「神田署から報告があったが、おはんが捕らえた掏摸二人組は関西系の掏摸じゃった。沢野屋の主人から抜きとった紙入れの件も白状し、罪を認めた。紙入れと中身の紙幣は沢野屋に無事もどったぞ」

国東警部はそう言って、一件が落着したことを伝えた。

「関西の掏摸は、とかく手口が荒っぽか。刃物を使うのは粋じゃなかと、東京の掏摸ば腹を立てておったぞ」

すられた銀時計は先日、某国公使に返還した。しかし国東警部はそちらの件は喜三郎には伝えなかった。

国東警部が喜三郎に告げてよいのは、沢野屋主人の紙入れが無事に持ち主のもとに返った件だけであり、同じ新宿組がしでかした活人画会場での公使の銀時計事件の探索と奪還《だっかん》の件について触れることは禁忌《きんき》であった。なぜなら、銀時計が持ち主の手元にもどってきた経路を明らかにすれば、警察と掏摸集団の癒着《ゆちやく》が白日《はくじつ》の下《もと》にさらされてしまうからだ。

近代国家をめざす日本の警察機構が、犯罪集団と持ちつ持たれつの関係にあるということを薄々勘づいている市民もいるようだが、だからといって警察側がそれを大っぴらに吹聴《ふいちょう》するわけにはいかない。

警察と掏摸集団は建前《たてまえ》上は敵対しているのに、内実はなあなあの関係にあったと知れば、市民の不信感はつのり、警察への信頼は失墜《しっつい》する。なにより、世の中が大混乱となり、社会秩序が崩壊することにもなりかねない。

表では犯罪撲滅《ぼくめつ》をうたいながら、裏では犯罪集団とつながっている。そして、世間には犯罪集団を厳しく取り締まっているというポーズを見せ、陰ではその集団と情報を共有している。これは為政《いせい》者《しゃ》、権力者が古くから使ってきた手であった。

(今日の国東警部はやけに機嫌がいい……)

いつも以上に饒舌《じょうぜつ》になっている国東英太郎の顔を見ながら、喜三郎は盃の酒を口に含んでいた。

六

国東警部が喜三郎の住まいを訪ねた翌日。

仕事を終えて着がえをすませた喜三郎が局員通用口から表通りに出ると、路傍《ろぼう》に一台の人力俥がとまっていた。

気にもかけずに通りすぎようとしたところ、しゃがんでいた俥夫とは別の、着流しの男が俥の幌《ほろ》をあげたあと、中にいた人物が声をかけてきた。

「お前さんが、藤丸喜三郎さんかい」

だしぬけに自分の名を呼ばれて、喜三郎は立ち止まり、ゆっくりとふり返った。

「あたしになにか用ですかい」

喜三郎は薄闇のなかに幻のようにとまっている人力俥のなかの男の顔を透《す》かすように見つめた。三十半ばの中肉の男で、頭を五分刈りにして唐桟《とうざん》の着物をきている。

「俺は清水文蔵という者だ。仲間内じゃあ、清水熊っていわれている。今回の件では、すっかりあんたに世話をかけたな」

落ちついたドスのある声だった。

喜三郎は、清水熊が言う「今回の件」というのが、神田雉子町で二人組の関西系の掏摸が沢野屋主人の紙入れをすりとった一件だとすぐに思った。

「やつら、関西から東京までのこのこやって来て、俺たちのショバで好き勝手していたのを、あんたが懲《こ》らしめてくれたってことを耳にしてな。ひと言、礼を言いたかったのだ」

清水熊はもの静かに話した。

「あたしは、他人様《ひとさま》に礼や侘《わ》びを言われるようなことはしちゃおりません。身にふりかかった火の粉《こ》をふりはらっただけです」

「てめえ、親分が下手《したて》に出てらっしゃるのが分からねえのか！　口の利き方に気をつけろ！」

先ほど幌をあげた男が怒声をあげた。

「辰、でけえ声を出すんじゃねえ」

「へえ」

男は飼い主に叱られた犬のようにおとなしくなった。

「まあ、いいや。とにかく俺の口から直接礼を言っておきたいと思ったもんだからな」

男はそうして話を打ちきると、地べたにしゃがんでいた俥夫に向かって「やってくれ」と声をかけた。

それを合図に辰と呼ばれた男が幌をおろそうとしたとき、男は右手をあげてとめた。

「今後、この清水の文蔵になにか用があれば、遠慮なく言ってきてくれ」

その言葉が終わると、辰が幌をおろした。

俥夫が梶棒《かじぼう》をあげると、人力俥はガス灯がともる大通りを走りだした。

「ちっ」と舌打ちした辰は、「親分がいなけりゃ、ただじゃおかねえところだ」と毒づいて、人力俥のあとを駆けていった。

喜三郎は、清水熊が残していった「今回の件」という言葉が妙に心に引っかかった。それは当然、喜三郎が遭遇《そうぐう》した神田雉子町の二人組の掏摸事件のことをさしているのだろうと思ったのだったが、あらためて考えてみると、その程度のことで掏摸の親分といわれるほどの男が礼や詫びを告げにわざわざ出向くだろうか。

実は、二人組の掏摸事件は関西系の掏摸が起こした事件の一端《いったん》であって、そのほかにも裏でなにかが起きていたのではないか、と喜三郎は推理した。それも、二人組の掏摸事件以上の大きな事件だ。

（国東警部は、俺にはなにも言わなかったが……）

表には出てこなかったが、見えないところで大きな犯罪が渦巻《うずま》いていたのではないか、と喜三郎は今更ながら思うのである。

（まあ、一介《いっかい》の郵便集配人のあずかり知らないことだ……）

喜三郎は踵《きびす》を返すと、万世橋《まんせいばし》のほうに歩いていった。

その後の話になるが、国東警部が根岸にある清水熊の家で会った妾腹の娘のくには、裁縫にかよっていた師匠の銀蔵と恋仲になり、所帯をもつことになる。やがて銀蔵は、その統率力と人望の高さが清水熊の目に止まり、跡継《あとつ》ぎとなって銀次と名をあらためる。銀次はもと仕立屋《したてや》だったというので、仲間内から仕立屋銀次の通り名で知られるようになる。

仕立屋銀次は掏摸社会の改革を推進し、巾着豊の跡を継いだ湯島《ゆしま》の吉《きち》よりも羽振りがよくなり、最盛期には二百五十人以上の子分を従えていたという。邸宅に住み、長屋の経営もし、訴訟問題に対応するために弁護士もやとい、贅沢三昧の生活をおくる。手下からの上納金だけでなく、盗品をさばくために妻妾に質屋の経営もさせた。よって、上迫刑事が不満に思っていた警察と掏摸の腐れ縁が解消するのは、まだまだ先のことになる。

皮肉なことは、仕立屋銀次の父親の金太郎が、浅草猿屋町《さるやまち》の警察署の下請《したう》けとして、強盗などの検挙にたずさわっていたことだった。旧幕時代であれば、岡っ引きの倅が掏摸の大親分に成り上がったということである。

第二話　女医第一号の生活と意見

一

　近ごろ、神田区内に設置してある郵便ポストへの悪戯《いたずら》が頻繁に起きている。葉書や封書以外に、魚の骨や浅蜊《あさり》の殻《から》などの生ごみが放りこまれているのだ。梅雨どきの湿った空気が、その嫌な臭気を辺りに拡散して人びとの顰蹙《ひんしゅく》を買っていた。

　そのうちに犬や猫の糞尿まで放りこまれ、もはや看過《かんか》できないと判断した神田郵便支局長は神田警察署に被害届を提出し、捜査を依頼した。

「こいつは度を越している……」

　被害現場におもむいた外垣玄二郎《とがきげんじろう》刑事は、思っていたよりもひどい情況にそう呟いた。

　日本の郵便事業は、明治四年、駅逓権正《えきていごんのかみ》・前島密《まえじまひそか》の建議で、イギリスの郵便制度を参考にはじまった。はじめは、東京、京都、大阪間にかぎられていたが、翌年にはほぼ全国規模にひろがり、郵便支局の数も大幅に増えた。「郵便」はもともと書状のことをさすが、前島が新制度をあらわす言葉として採用したといわれる。

だから郵便ポストは当初、「書状集箱《あつめばこ》」とも呼ばれていた。杉板を四角い柱のように組み合わせて、雨よけの蓋《ふた》をのせ、全体を黒ペンキで塗っていたので「黒塗柱箱《くろぬりはしらばこ》」ともいった。幅と奥行きがそれぞれ八寸二分（約二十四・八センチ）、高さが四尺ちょっと（百二十三センチ）で、上方に差入れ口、下方に取出し口がある。赤色で鉄製の円筒形のポストが試験的に設置されるのは明治三十四年のことだから、まだ十年以上も先の話になる。

開業した当時は、珍妙な事件も起きた。東京見物にやって来た田舎者が尿意をもよおし便所を探していたが、ちょうど街角に「郵便箱」と書かれた箱があり、都合よく穴があいていたのでそこに放尿したという。「郵」の字を「垂」と読みまちがえ、「垂《た》れ便箱《べんばこ》」と思ったらしい。いまでは笑い話だが、実話である。

それから十余年。郵便制度も市民に定着しつつあり、いまどき読みまちがえて郵便箱に糞尿を入れる者なぞいないから、今回の悪戯は明らかに郵便局への嫌がらせであると考えるのが妥当であった。こんなことをしてもなんの得にもならないということから考えて、おそらく郵便局に恨みをいだくものの仕業ではないかと外垣刑事は推測した。

そこでまず思い浮かんだのが、旧幕時代の町飛脚《まちびきやく》による仕業ではないかという疑いだった。飛脚制度は明治六年に廃止されたので、郵便集配人の採用に際しては失職した飛脚を優先にするという取り計らいをした。仕事をなくした飛脚たちの不平不満を緩和《かんわ》するためである。だが、それですべてが丸く収まったわけではない。

（なかには、埋《うず》み火《び》のように胸のうちに不満を抱えている者もいるだろう……）

そう考えた外垣刑事は、ここ一、二年の間に神田支局を退職した局員の調査をしてみたところ、三人の該当者がいた。

ひとりは神戸《こうべ》のほうに転勤となり、ひとりは肝臓をわずらって自宅で病臥《びょうが》生活をしているので、どちらも犯行は無理だと判明し、残ったひとりがどうやら怪しいということになった。

その男の名は印田亀吉《いんでんかめきち》といい、もと町飛脚だった。在職中はなにかと素行《そこう》がわるく、二十日ほど前に解雇されていた。いわゆる、飲む、打つ、買うの放蕩《ほうとう》者で、遅刻の常習者であり、賭博《とばく》で何度も捕まっている男だ。ひと月ほど前には書留郵便をくすねたことが発覚し、これが決定的となって馘首《かくしゅ》された。

郵便事業の実施によって飛脚というもとの職を失ったうえ、再就職した郵便支局からも追いだされたのだから、印田亀吉には郵便支局に恨みをいだくに十分な動機があったといえる。しかし、それは明らかに亀吉の逆恨《さかうら》みであった。

外垣刑事がさっそく亀吉が住んでいる神田紺屋町《こんやちょう》の長屋に出向くと、井戸端でおしゃべりに余念がない三人の女を見つけた。

「印田亀吉さんのお宅はどこでしょう」

外垣刑事は丁寧な口調で訊ねた。居丈高《いたけだか》に質問すれば、聞きたいことも聞けなくなることを知っているからだ。

「ああ、奥から二軒目だよ」

やせて、首筋に膏薬《こうやく》をはった女が気安く返事をする。

「でも、亀さんはしばらく姿を見ないから、たぶん留守だよ」

赤子を背負った太った女がつけ加える。

「あっちこっち、遊び歩いているんだよ、きっと」

小柄な女がそう言うと、ほかのふたりはゲラゲラと下品な声をだして笑った。

「亀吉さんというのは、どんなひとで？」

雰囲気が和《なご》やかになったところで、外垣刑事はすかさず訊ねた。

「ここだけの話だけどさ、どうしようもない男だよ」

やせた女が、小声で答えた。女たちの話によると、亀吉はどうしようもない持て余し者で、虫の居所がわるいと女房に殴《なぐ》る蹴るの乱暴をはたらくという。近ごろでは幼い娘にも手を出すようになり、夫婦の仲人《なこうど》を買って出た大家《おおや》も見るに見かねて離縁しろと亀吉の女房のお安に助言しているのだという。

「あたしゃ、何度も夫婦喧嘩の仲裁《ちゅうさい》にはいったけど、あたしにも殴りかかってくるんだからね」

太った女が憤慨するように言った。

「ありがとうございました」

外垣刑事は頃合いを見て、礼を言い、亀吉の住まいの腰障子の前に立った。

「もし、印田亀吉さんのお宅はこちらでよろしいでしょうか」

外垣刑事が声をかけると、中でひとが動く気配がして、腰障子が開けられた。

「どなたですか」

薄暗い家の中から、血色のわるい顔をした三十半ばの女が顔を出した。髪もくしけずっていないので、ぼさぼさである。破れ畳の奥のほうでは、三歳くらいの女の子がお手玉で遊んでいた。

「亀吉さんは？」

家の中の饐《す》えたような臭いを我慢しながら、外垣刑事は訊ねた。

「あのひとの行方なんか知りませんよ。おおかた、女の家にでも転がり込んでいるんでしょう」

お安の言葉に、外垣刑事は井戸端で聞いた女たちの話をかさねた。

「行方をくらます前にあのひととは離縁してありますんで、あたしと娘とはもう関わりはないんです」

お安はさっぱりした顔で外垣刑事の質問に答えた。亀吉があっさりと離縁を認めたのも、女房以外に何人もの女がいたかららしい。

「あのひとが戻ってきても会いたくないので、近ぢか家移《やうつ》りするつもりでいます」

お安は最後にそう外垣刑事に伝えた。

「度《ど》し難《がた》い男だな……」

長屋の木戸を出た外垣刑事は、そう呟きながら神田署に帰っていった。

その後も巡査、刑事を使って印田亀吉の居所を探索したが、なかなか埒《らち》があかない。捜査は停滞していた。そのうちにお安と娘は、紺屋町の長屋を引き払い、別の住まいに引っ越してしまった。

数日後の朝のことである。

神田錦町《にしきちよう》にある神田警察署に母と息子のふたり連れがやって来た。

「あの、先日、郵便箱で起きた事件についてお話ししたいことがあって、うかがったんですが……」

三十すぎの、浅葱《あさぎ》色の小紋の単衣《ひとえ》のうえに黒い羽織を粋《いき》に着こなした母親が窓口の巡査に声をかけた。

巡査は母と息子を別室に案内し、しばらくしてひとりの刑事とともにやって来た。

「わたしは外垣という者だ。郵便箱の事件について話したいということだが」

四角い顔の、肌がどす黒い刑事がはいってくるなりそう訊ねたが、母親は動じなかった。

「はい。子どもの言うことだからあまり当てにはならないんですが、先日来、犯人の顔を見たんだとうるさく騒ぐもんですから、いちおう警察の方にも聞いていただこうかと思って、連れてきたわけなんです」

母親はそう言ったあと、椅子にちょこなんと座っている息子の顔を見た。十歳くらいの色の白い、いがぐり頭の少年である。さっぱりした着物に博多《はかた》の帯をしめ、桐《きり》の下駄をはいた余所《よそ》行《ゆ》きの恰好をしている。他人に息子の見苦しい姿を見せまいとする母親の気づかいがうかがわれる。

「坊主、本当に見たのかい？」

外垣刑事はいぶかしそうな顔で少年に訊ねた。

「うん、見たよ」

利発そうな顔をした少年は、怖《おじ》けるようすもなく、外垣刑事の目をまっすぐに見て答えた。

「麻生《あそう》くんに会いに行ったときだったよ」

「麻生くん？」

少年の言っていることがよく分からないので、ときどき辻褄《つじつま》が合うように質問をしながら外垣刑事は頭のなかで要領よく経緯をまとめた。

その日の午後、京橋鉄砲洲《てっぽうず》にある鈴木小学校から帰宅した少年は、いつもどおり近くの青物問屋・三河屋周吉《みかわやしゅうきち》の息子で三歳になる富太郎《とみたろう》と戸外で遊んでいた。三河屋とは家族ぐるみのつきあいで、芝居や寄席に出かける仲である。三河屋で夕食をとり泊まった翌朝、学校に出かけることもしばしばあるという。

遊んでいる最中に、少年はふと麻生という親友に会いたくなった。麻生は、鈴木小学校をやめて、神田錦町二丁目にある私立東京英語学校に転校してしまった。ひょっとして麻生に会えるかも知れないと思った少年は、ひとりで転校先まで行こうと思ったのだが、富太郎がついていくと言って聞かないので、ふたりで英語学校まで歩いていった。

あちこちで道を訊ねながらようやく目的地にたどり着いたのはいいが、すでに夕暮れどきで校門は当然閉まっていた。

「この子ったら、内気《うちき》で人見知りするくせに、ときどき無鉄砲をするんですよ。上のふたりの息子は手がかからないのに、この子はおばあちゃん子で、わがまま放題に育てちゃったものですから」

母親が途中で口をはさむ。少年は母親の言葉を、口をへの字にして聞いていた。

閉ざされた校門の上空に蝙蝠《こうもり》が何匹も飛び交っているのを見ていると、少年はなんだか心細くなってきた。手を握った富太郎も泣きべそをかいている。そんなとき、近くの辻に立っている郵便箱にあやしいものを投げ入れる男を見たのだった。

「なにを投げ入れたのか、見たのかい？」

「うん。桶《おけ》にはいった泥みたいな黒いかたまりで、ぷーんと臭《くさ》いにおいがした。それを郵便箱の口からなかに放りこむと、急いで走って逃げていったんだ」

おそらくそれは、ドブ泥のようなものだろうと外垣刑事は思った。

「それで、どんな男のひとだった？」

やさしい口調で外垣刑事が訊ねる。

「おじさんくらいの大きな体で、おでこの真ん中に大仏さんみたいにイボがあったよ」

「夕方で暗くなっているのに、よくイボが見えたね」

「近くの旅館の玄関先に灯りがついていたもん」

「それでかい」

「うん。おいら、嘘なんか吐《つ》いてないよ」

「信用するよ。ありがとうよ」

ところで、少年はその日、どうやって帰宅したのか。ついでに外垣刑事が訊ねると「落合のおじさんがちょうどとおりかかったので、いっしょに帰った」と答えた。知り合いの男の名だろうと外垣刑事は思った。

「こんな話で参考になりましたかね」

母親が訊ねる。

「もちろんですよ、おかみさん」と言いかけて、外垣刑事は「奥さま」と言い直した。先ほどから部屋のなかには母親がつけてきた舶来《はくらい》ものらしい香水の香りがただよっていて、それが鼻孔《びこう》をくすぐり、外垣刑事の官能に影響をあたえていた。

帰る際、情報提供者ということで調書に住所と氏名を書いてもらった。母親の名は条野婦美《じょうのふみ》、息子の名は健一《けんいち》。戸主の名を記す欄もあり、婦美はそこに伝平《でんぺい》と書いた。

(条野伝平?)

その名を目にして、外垣刑事の表情が変わった。

「ひょっとして、ご主人はやまと新聞の……」

外垣刑事の問いかけに、婦美はにっこりと微笑んで答えた。

「左様です。宅《たく》は、やまと新聞の社長の条野伝平、号は採菊《さいぎく》。かつては、つまらない人情本《にんじょうぼん》や雑文を書いておりました。いまは社長業が忙しくて、執筆のほうは疎《おろそ》かになっていますけれど……」

条野伝平は、山々亭有人《さんさんていありんど》などの筆名で戯作を次々に発表した文筆家でもあった。天保三年生まれだから、いま五十一歳である。妻の婦美は嘉永五年生まれなので三十一歳。伝平は、娘ほどもちがう婦美をめとったことになる。

「やまと新聞は、あたしも購読していますよ。円朝《えんちょう》の人情話、大好きですよ」

いままで仏頂面《ぶっちょうづら》をしていた外垣刑事は、急に人物が変わったように笑顔になった。よほど落語が好きらしい。やまと新聞は二年前の十月に創刊された右寄りの小新聞だが、創刊号から三遊亭円朝の「松操美人生埋《まつのみさおびじんのいきうめ》」が速記により連載され、好評を博していた。

「それじゃ、坊やを見つけていっしょに帰った落合のおじさんというのは……」

「落合幾次郎《おちあいいくじろう》さん。絵師の落合芳幾《よしいく》といったらいいかしら」

婦美は妖艶《ようえん》な笑顔で答えた。

落合芳幾は幕末から現在まで錦絵を描き続けている絵師である。明治七年から八年に、条野伝平が創刊した錦絵新聞の元祖・東京日々新聞の作画を担当していて、伝平とは懇意《こんい》の仲で五十二歳になる。

「東京日々新聞も愛読していましたよ。芳幾さんの絵、素晴らしかったですね」

外垣刑事には、目の前の母子が別世界から降りてきた天女と天使のように思われた。

「お気をつけてお帰りください。ご主人にもよろしくお伝えください」

婦美と健一が部屋を出るとき、外垣刑事はまるで商人が顧客《こきやく》を送りだすような丁重さで見送った。

この健一少年はのちに水野年方《みずのとしかた》に入門し、学校をやめて画業に専念する。婦美の実家は代々浅草の第六天《だいろくてん》神社の神主であったが、その母方の姓をとって鏑木清方《かぶらききよかた》と名のり、日本絵画界に新風を巻き起こす。目の前の対象を鋭く観察する画家の目は、すでに少年時からそなわっていたのである。

外垣刑事の報告を受けた神田警察署は、すぐに警視庁に情報を伝えた。事件は広域捜査となり、国《くに》東英太郎《さきえいたろう》警部が部下を手配して、男の素姓を探索することになった。

二

黄昏《たそがれ》どきの神田駿河台《するがだい》。

配達を終えた喜三郎は、神田郵便支局に向かっていた。

神田連雀町《れんじやくちよう》までやって来ると、大通りに人垣ができていた。

(喧嘩か……)

仕事帰りでもあるし、なるべく揉《も》め事には関わりたくなかったが、のぞいてみると四十代後半の男がふたりの壮士《そうし》風の男たちに殴《なぐ》る蹴るの乱暴をうけている。

「ちょっと待ちな」

人垣をかき分けて喜三郎は前に進みでた。

「なんだ、お前は。郵便屋ごときに用はない！」

頬の削《そ》げた男が毒づいた。

「こんな年寄りを寄ってたかって痛めつけるなんてのは無粋《ぶすい》じゃありませんか」

喜三郎は饅頭傘の端を右手で持ちあげて、静かに言った。

「お前には関係のないことだ。去れ、去れ！」

小太りの男が手をふって、恫喝《どうかつ》した。その間も、四十代後半の男は、地べたにうずくまっている。そばには付き添いらしい久留米絣《くるめがすり》に小倉袴《こくらばかま》の青年がいて、手出しもできずに立ち尽くしている。

「そんなに痛い目にあいたければ、こうしてやる！」

突然、頬の削げた男が右手の拳《こぶし》をふり下ろしてきた。喜三郎は身をかわして、その袖《そで》を左手でつかむと、自分の右足を男の股のあいだに入れ、上に跳ね上げた。男は大きな弧を描くと、ドスンという音をたてて地面に叩きつけられた。内股《うちまた》がみごとに決まったのだ。

「この野郎！」

小太りの男が仕込み杖を抜こうとしたが、倒れた男は「待て！」と叫んで制止した。いつの間にか、周囲には十人以上もの野次馬があつまっていた。

「ここは一旦、引きあげろ」

頬の削げた男は立ちあがると、小太りの男に声をかけて足早にその場から立ち去った。

「郵便屋さん、ありがとうございました」

座りこんでいた四十代後半の男が喜三郎に礼を言って立ちあがろうとしたが、「痛たた」と呻《うめ》いて、またしゃがみ込んでしまった。体は頑丈《がんじょう》そうだが、足首を痛めたようだった。

「田中先生、立ちあがれませんか」

付き添いの青年が地面に座りこんでいる男に声をかけた。

「うむ、大丈夫だ」

男は節《ふし》くれだった手をふって答え、立ちあがろうとしたが、「痛たた」と呻いて、またしゃがみ込んでしまった。しゃべり方に上州か野州《やしゅう》の訛《なま》りがある。

「申し遅れましたな、わしは田中正造《たなかしょうぞう》と申します。県議会のひまを見ては、陳情《ちんじょう》と敵情視察をかねて上京するというわけです」

青年の話だと、田中正造はいま栃木県議会議員をつとめているという。今年五月二十二日、両毛鉄《りょうもう》道の小山《おやま》・足利《あしかが》間が開通して栃木からの上京がずっと便利になった。

「三島通庸《みしまみちつね》の手の者でしょうか」

青年が男に訊いた。

栃木県令だった三島は、栃木県議会議員である田中と土木政策で対立した。四年前、田中は加波山《かばさん》事件に関係したカドで逮捕され、投獄された。三島が異動で栃木県を去って警視総監に就任すると、年末に田中は釈放されたが、それ以降も三島は自由民権運動にたずさわる田中の動静を厳しく監視していた。田中と三島は、いわば不倶戴天《ふぐたいてん》の敵であった。

田中正造は二年前の明治十九年、第十三回臨時県会で議長に当選。各地で演説会をひらき、民権思想の普及につとめた。そして今年三月、栃木県会議員に四選され、四月には第十四回臨時県会において県会議長に再選されている。

「警視総監がそこまではやらんだろうが、三島の意を酌《く》んだ部下が襲ってくることもあろう。そもそも、わしのすること、なすことが気に食わん連中は今の世にいくらでもおるからな」

そう言って男は、思わず「痛たたた」と叫んで顔をしかめた。

支局にもどって配達終了の報告をしなければならないのだが、喜三郎は怪我人を放ってもおけず、どうしたものかとその場に立ちつくしていた。

「どうなさいましたか」

ちょうど通りかかった三十半ばの女が声をかけてきた。束髪《そくはつ》で、黒い羽織を着ている。背丈は五尺(約百五十二センチ)前後の小柄な女だ。

「足を痛めたようで……」

男に添っていた青年が女に答えた。

「見せてください」

躊躇《ちゅうちょ》することなく女はしゃがむと、男の袴の裾をまくって、白い両手で撫《な》でさすった。

「痛いですか」

「はあ、足首がうまく動きません」

正造が答えた。

「捻挫《ねんざ》したようですね。骨折はしていませんから、安心してください」

「はあ……」

訝《いぶか》しげな顔をして正造は女を見た。すると、そのようすを見てとった女は、「申し遅れましたが、わたしは下谷《したや》で医院を開業している荻野吟子《おぎのぎんこ》という者です。今日は順天堂に所用があって、その帰りです」と言った。

「女医さんですか」

青年がもの珍しそうな顔で訊いた。

「はい。医術開業試験もとおっていますから、ご安心を。藪《やぶ》でも竹の子でもありません」

聡明そうな女の冗談に書生は返す言葉もなかった。

荻野吟子は武蔵《むさし》国幡羅《はたら》郡俵瀬《たわらせ》村の名主・荻野綾三郎《あやさぶろう》と嘉与《かよ》の五女として生まれたが、十五歳で嫁いだ地元の名士・稲村貫一郎《いなむらかんいちろう》から淋病《りんびょう》をうつされ苛酷な入院治療生活をおくった。そのときの屈辱をバネにして、三年前の明治十八年、女として日本で初めて医師試験に合格し、女医第一号となった。

「近くにわたしの知り合いがやっている医院がありますから、そこで応急の手当てをされたらいかがですか」

吟子の助言に、「大事を取って、処置をしておきましょう」と青年が答え、正造がうなずくと正造の脇の下に手を入れて立ちあがらせた。喜三郎も手を添えた。

その拍子に、正造がもっていたずだ袋が落ちて、そのなかから本が出てきた。

「聖書ですね」と吟子が言った。

「あなたもキリスト教徒ですか」

吟子は昨年、本郷教会でキリスト教の洗礼をうけていた。

「いや、わしは信者ではありませんが、聖書を心の拠《よ》り所としておって、いつもこの袋のなかに入れて、なにかあると読んでおるんです」

「そうですか。主《しゅ》はいつもあなたを見守っていてくださいますよ」

吟子は聖母のように微笑んだ。

「それなら、いいのですがな」

正造は喜三郎にあらためて頭をさげると、青年の肩をかりて、片脚を引きずりながら吟子に導かれ、その場を去っていった。正造は今夜は、学生相手の安宿に泊まると言っていた。

暮れゆく景色のなかを遠ざかる三つの影を見送ると、喜三郎は支局をめざして歩きだした。

(警視総監の三島通庸……)

喜三郎は、その名をどこかで聞いたことがあった。

(あれは……)

喜三郎が勤務している神田郵便支局で起きた不正事件。あのときの支局長の不祥事をもみ消したのが三島通庸であった。三島は、福島県令、栃木県令を兼任し、強引な土木工事を次々に実行し、自由民権運動を弾圧してきた男である。国東英太郎《くにさきえいたろう》警部の話では、いま三島は警視総監の地位にあるという。だが所詮、自分とは一切関わりのない権力者のことである。三島通庸のことを頭からふり払うように、喜三郎は帰りの足を速めた。

（耶蘇教《やそきょう》がつなぐ出会いか……）

キリスト教には縁のない喜三郎だが、「神の導き」という言葉がふっと頭に浮かんだ。

三

それから数日後の夕まぐれ。

万世橋のたもとにある一軒のあいまい料理屋。すでに軒下の提灯《ちょうちん》に灯りがはいっている。ここが表向きは料理を食わせる店と見せかけて、配膳する女が二階の座敷で春をひさいでいるということは近所のだれもが知っている。

いつもなら縄のれんの奥から、女たちの嬌声《きょうせい》が聞こえてくるころだが、今宵《こよい》は男女の諍《いさか》いの声が通りまで洩《も》れてきていた。通りすぎようとしていた喜三郎は、店内の不穏な空気を感じとって、思わず縄のれんの外で立ち止まった。

「店の女も納得ずくでやってるんだ。あんたみたいな裕福な奥さまには分からないだろうけどね」

「納得ずくなわけがないじゃありませんか。貧しいため、お金がほしいために体を売っていることはだれが見たって明らかじゃありませんか」

「ごちゃごちゃ蝿みたいにうるさい人たちだね。理屈で飯が食えるもんなら、こんな苦労なんかだれがするもんか！」

「同じ女性でありながら、あなたには女性の苦しみがお分かりにならないんですか」

「鼻っ柱のつええ女だ。ぐだぐだ抜かしやがると、女だって叩き出してやるぜ！」

威圧するような男の声も聞こえてきた。

しばらく店の外で立ち聞きしていた喜三郎は、事態がよくないほうに進んでいると察知して、縄のれんをかき分けてはいっていった。

「なにか食わしてくれ」

突然の来客に、店内の一同がそちらに顔を向けた。

「わるいね、いま立てこんでるとこだから、あとで来ておくれ」

女将《おかみ》らしい四十半ばの女が突《つ》っ慳貪《けんどん》に断った。

（おや……）

女将と向かい合っていたふたりの女のうち、細面《ほそおもて》の洋装の女を見て喜三郎はおどろいた。数日前に、駿河台で出会ったあの女医だった。

（たしか、荻野吟子と名のったが……）

「とにかく、こうしたことはやめていただきたい。あなたのような女性がいるから、いつまで経っても女性の地位は向上しないままなんです」

もうひとりの束髪で茶色の羽織を着た五十半ばの小太りの女が、喜三郎の登場に力を得たようにしっかりした口調で言った。この女も、吟子に負けず劣らず芯《しん》の強そうな顔つきをしていると喜三郎は思った。

「ここは前から、女が客に春を売る店だってことで名が知れている。あんたがたがやって来るような店じゃないですよ」

喜三郎は穏便《おんびん》にことを済まそうと、静かに吟子たちに伝えた。

「あなたもこのひとたちに加担するのですか！」

五十半ばの女が、味方に裏切られたというような表情で喜三郎に食ってかかった。

（この一件、どう始末をつけるか……）

喜三郎が返答に窮《きゅう》していると、調理場から出刃《でば》を逆さにもった坊主頭の板前が飛びだしてきた。

「なにをごちゃごちゃ言ってるんでえ！　とっとと尻尾を巻いて帰れ！」

板前の男が着物の袖をまくって、出刃を頭上にふりあげて身構えた。吟子ともうひとりの女は互いに身を寄せて、店の隅にしりぞいた。喜三郎はふたりの前に楯《たて》となって立ちふさがり、両手を前に突きだした。そして腰障子のわきに心張り棒があるのを見つけると、それをつかんで先を相手に向けた。

「てめえ、やる気か！」

あくまでも防御のつもりだったが、相手は逆上して出刃を振りおろしてきた。横に逃げた喜三郎は心張り棒で相手の手首を叩きつけた。出刃は切っ先を下にして、土間に突き刺さった。

「いててて……」

骨がくだけたのか、男は手首をおさえてのたうち回った。

「もうその辺でやめてください！」

吟子が切羽詰《せっぱつ》まった声で叫んだ。

「男のかたはいつも力で相手をねじ伏せようとしますが、暴力ではなにも解決しません」

まさか危難を救った相手から説教されるとは思ってもいなかった喜三郎は、呆気にとられて返す言葉もなかった。

「わたしたち東京婦人矯風会《きょうふうかい》は平和、禁酒、廃娼《はいしょう》の三つの活動方針を掲げています。争いのない平和な社会を築くこと、その平和を乱す酒を禁ずること、そして男が女を慰みものにしている社会をなくすことなどを当面の課題として活動しているのです。平和の対極にあるのは暴力です。わたしは人の命を救う医師です。人の体を傷つける暴力を認めるわけにはいきません」

整然と理路《りろ》をのべる吟子に反論の余地はない。

だが、では自分に危害が及ぶ場合、どうしたらいいのだろうかと喜三郎は思った。わが身に降る火の粉《こ》は払わなければならない。それとも、吟子は一身に火の粉を浴びるつもりなのだろうか。

「さあ、帰りましょう」

五十半ばの女性が吟子をうながした。言葉に九州訛《なま》りがある。

女ふたりと喜三郎が縄のれんをくぐって店の外に出ると、「厄払《やくばら》いだ、だれか塩をもってきておくれ」という女将の声が背後で聞こえた。

「お陰で助かりました」

しばらくして心が落ちついたのか、吟子が喜三郎に礼を言った。

「いや、なに……」

「助けていただいたのに、ついよけいなことを言って」

吟子は医学校の寮にいたとき、風呂をのぞかれたり、接吻をせまられたり、卑猥な言葉を投げつけられたり、男の学生たちからさんざん屈辱を受けてきたのだという。喜三郎が男を打擲《ちょうちゃく》している場面を見ていて、そのときのことが思いだされ、とっさにあんな言葉を発してしまったのだと吟子は弁解した。

「女だと見くびられないように、袴をはき、高下駄《たかげた》をはいて男の恰好をして講義に出席しました」

男の喜三郎には想像もつかない半生をおくってきた吟子だった。

「ご紹介します。こちら、矢島楫子《やじまかじこ》さん」

吟子は横にいる五十半ばの女を紹介した。

「はじめまして」と楫子は改めてあいさつした。

矢島楫子は天保四年に肥後《ひご》（熊本県）で生まれた。横井小楠《よこいしょうなん》門下の林七郎という男と結婚したが、七郎の酒乱が原因で離婚。一男二女を置いて上京し、教員伝習所で学んで小学校の教師となった。

その後、女学校の教師になったが、明治十九年にアメリカから世界キリスト教禁酒同盟のレビット夫人が来日して各地で禁酒演説会が開かれると、その趣旨に賛同して同志と東京婦人矯風会を結成して会頭に就任した。その後は一夫一婦制や酒毒排除運動に力をそそいでいるという。

「八年前からは、廃娼運動にも積極的に取り組んでいます」と楫子はつけ加えた。

「いまご覧になったとおり、明治という新しい時代になっても、この国では娼婦という職業はなくなりません」

吟子が楫子の言葉を引き取って言った。

「あなたは、マリア・ルース号事件をご存じ？」と楫子が喜三郎に訊ねた。

「いや、知りません」

「十六年ほど前の事件ですわ」と楫子は言った。

十六年前といえば、喜三郎がまだ十代のころの話である。

明治五年七月九日のこと。南米ペルー船マリア・ルース号（三百五十トン、乗組員二十一人）が廈《ア》門《モイ》の港を出て、ペルーのカレオに向かう途中、舵《かじ》が故障したので修理のために横浜に立ち寄った。ところが、その停泊中だった船から清《しん》国人の苦力《クーリー》が身を躍らせて海に飛び込んだのである。

苦力は、近くに停泊していたイギリス軍艦アイアン・デュークに泳ぎ着くと、船内での苛酷な労働に耐えられずに逃亡したこと、マリア・ルース号のなかにはまだ多数の清国人が拘禁されているということを艦員に訴えた。

イギリス側がさっそくマリア・ルース号を調査してみると、たしかに苦力の告発したとおり怪しい点があった。そこで、アイアン・デュークの艦長はワトソン公使をとおして、日本の副島種臣《そえじまたねおみ》外務卿に報告し、清国人の救出を要請した。連絡を受けて驚いた外務省は、神奈川県参事の大江卓《おおえたく》に審問を命じた。大江が調べてみると、マリア・ルース号には拘禁されている清国人が二百三十人も乗っていることが判明した。いずれも脅迫されたり、甘言《かんげん》に騙《だま》されたりして奴隷として売られようとしている者たちだった。

人権を重んじる近代文明国家の看板を掲げていた日本側は即刻、マリア・ルース号の船長を訴追し、清国人苦力二百三十人を解放する処置をとった。彼らは清国特使に引き渡され、上海《シャンハイ》に連れ戻された。

ところが、この事件はここで終わらず、このあとにひと悶着《もんちゃく》があった。

マリア・ルース号の船長は、ひそかに船を捨てて米国船でペルーに帰国したが、おさまらないのはペルー側で、船長側のイギリス人弁護士が「日本は奴隷契約の無効をいうが、日本だって遊女の人身売買が公然と行われているではないか。日本の娼妓《しょうぎ》身売りは奴隷売買とどこが違うのか。国内でこれを許しておきながら、外国の奴隷売買は認めないというのは筋がとおらない」と反論。とんだやぶ蛇だったわけである。

痛いところをつかれた日本政府は一時的に抗議をなんとかやりこめたが、こののち国際裁判となれば日本が不利になることは目に見えている。案の定、ペルー側は日本側の措置を不当として国際仲裁裁判に訴え、ロシア皇帝を裁判長にして両国が法廷で争うことになったが、日本の判断の妥当性が認められ、かろうじて日本側が勝利した。

だが、これをきっかけに娼妓の身売りをなくし、娼妓の解放を早くしなければならないと考えた日本政府は、日本に奴隷制度はないことを示すため、年季奉公を廃止し、芸娼妓を解放してやるべきだという結論に達し、さっそく人身売買を禁止する布告をおこなった。そうして同年十月、芸娼妓解放令が出されたのだが、これは文字どおり借金に縛られた年季奉公の娼妓らの解放を命じたもので、売春そのものを禁止したわけではなかった。

このマリア・ルース号事件を機に出された娼妓解放令で、従来の公娼制度は形式上は立ち行かなくなったが、翌年三月には黴毒《ばいどく》検査規制が公布され、さらに十二月の貸座敷《かしざしき》渡世規則、娼妓渡世規則の公布によって、娼妓の「自由意志」の売春によるあらたな公娼制度（貸座敷制度）が公然化して強化された。

付《つ》け焼《や》き刃《ば》の法令発布のため、解放後の女たちの再就職をどうするかといった問題については対策が講じられていなかったので、公娼制度の改善にはとおい結果となった。そもそも解放されたのはいいが、身元引受人がいないのでふたたび売笑《ばいしょう》する女が多かったのである。かえって密売所をふやす結果となり、社会の風紀を乱すという理由で、娼妓制度の再認可を建白《けんぱく》する者まで出てくる始末だった。

結局、娼妓解放令は失敗におわり、公娼（売春）制度はいまも存続しているのである。そのような経緯をへて、二年前の明治十九年十二月に、矢島楫子を中心に東京婦人矯風会が発足し、一夫一婦制の建白や、からゆきさんと呼ばれた「在外淫売婦」の取締りの請願をした。

翌年、貧困や無知によって病を悪化させている女たちを目《ま》の当たりにして、医療の限界を感じた吟子は、本郷教会で受洗。楫子たちの東京婦人矯風会に参加して、婦人参政権運動、廃娼運動などを通じて女性の地位向上を目指していた。

「公娼制度が廃止されないかぎり、性病もなくならないのです」

運動に関わるようになった動機を吟子は語った。

「あなたは男だから、女の痛みというものがお分かりにならないでしょうね。女はいつも男の弄《もてあそ》びものとして扱われてきました。いったい、いつになったら女は自立できるのでしょうか」

喜三郎には答える言葉がなかった。

たしかにこれまでのこの国は、男が政治経済の実権をにぎり、女はそれを裏で支えるという風潮があった。男である喜三郎は、生まれたときから男社会のなかにどっぷりと浸かり、男社会が過去も未来もつづくものとずっと考えていた。

ところが明治という新時代になって、政府は西欧諸国に追いつき追い越せとばかり、やたらと西洋流の文化儀礼を奨励した。鹿鳴館《ろくめいかん》での外国交遊をあげるまでもなく、男に伍《ご》して、女も社会に進出するべきだという主張はあちこちで唱えられてはいるが、はたして実態はどうだろうか。実情は旧態依《きゅうたいい》然《ぜん》のままではないのか。吟子の言葉に、喜三郎は思い当たることがいくつもあった。

「わたしは十五で結婚しましたが、夫から淋病をうつされ、二年間治療入院したあと、離婚しました」

男の身勝手な女遊びの余波をこうむって、吟子は自分まで性病にかかってしまったという。

「それすら理不尽なことなのに、治療のためとはいえ男の医師に何度も何度も自分の局部をさらけ出す苦痛や屈辱は耐えがたくて、いっそ死んでしまいたいくらいでした」

女の患者の多くは、男の医師に陰部を見せるのを嫌がり、結果的に不治《ふじ》の難病をかかえて命を落としてしまうのだという。

この国の女たちがどれほど女医を求めてきたか、初めて本郷湯島に「産婦人科・荻野医院」の看板をかかげたとき、履き物の置き場もないほど患者がやって来たことをみれば分かると、矢島楫子はつけ加えた。

四

その日最後の郵便物を配達しおえると、すでに夕闇がせまっていた。

喜三郎は神田岩本町《いわもとちょう》の貧乏長屋の前をとおりかかった。ふと見ると、通りの反対側の米屋の陰から長屋のようすをじっとうかがっている人影があった。

気がついて近辺を見渡すと、私服の刑事らしき男たちが四，五人同じように長屋のほうに視線を向けている。おだやかでない雰囲気に、なにか捕り物でもあるのだろうと思った喜三郎は、関わりにならないようにその場を通りすぎることにした。

（国東警部……）

ところが、国東警部のほうも喜三郎に気づき、無言で手招きをした。

「ちょうどよかった。おはんも知っとる例の郵便箱の悪戯をした犯人が、いまあの長屋におるんじゃ。左側の手前から三軒めの家じゃ。近所のものの話では、中には犯人の別れた女房のお安と娘がおるという。男はどこかで母娘の住まいを聞き込んできたらしい」

喜三郎の耳元で囁《ささや》くように言う国東警部の息が熱い。相手がなにを言いたいのか、喜三郎は焦燥《しょうそう》にとらわれた。

「そこでじゃ、おはんに頼みがある。犯人だけならいいが、女房と娘もおる。おいたち警察が突如踏みこんで、逆上した犯人がふたりを人質にとって立てこもりでもしたら、厄介《やっかい》なことになる。あるいは人質を楯《たて》に逃走をはかろうとするかもしれん。郵便集配人の制服を着たおはんなら、相手も油断するじゃろう。その隙に乗《じょう》じて、捕縛しようと思うとるんじゃが、ひとつ協力してくれんかのう」

窮余《きゅうよ》の策だといわんばかりに、国東警部は苦渋《くじゅう》にみちた表情をした。

一民間人に危険な任務を依頼するとは、警察側の都合のいい策略だが、それというのも、これまでの自分の捜査協力が警察の信頼を得ているからだ、と喜三郎は思った。ほんとうは警察の信頼なぞどうでもいいが、いま目の前で起きている事件に対して、自分の力でなんとかできるものなら手助けしたいと喜三郎は素直に思った。

「中にいる女房と娘が恐怖に身をふるわせておると思うと、気が気でないんじゃ」

国東警部は、喜三郎の弱いところを突いてきた。

「うまくできるかどうか分かりませんが、やってみます」

国東警部の口車《くちぐるま》にまんまと乗せられたことは承知で、喜三郎は返答した。お安という女房と娘を一刻も早く救いたいという気持ちは喜三郎も同じだったからである。

「もし、郵便でございます」

家の前まで行った喜三郎は、腰障子の外から声をかけた。

「腰障子の間にでも挟んでいってくれ」

中から男の声が答えた。

「書留なんで、直接お渡ししたいんですが」

「ちょっ」

舌打ちの音がしたあと、男がお安と娘になにか念を押したような声が聞こえた。

「どれ」

腰障子が開けられた。と同時に、「あっ」という声を発すると男は戸外に飛びだした。喜三郎は腰障子の内側にあった心張り棒をつかむと、男に向かって槍のように投げつけた。棒の先は男の左肩に見事に突き当たった。

「ぐっ」と呻いて倒れた男のもとに、国東警部以下、私服刑事たちが駆けつけ、またたくまに縄をかけた。

後ろ手に縄をかけられた男の額の真ん中に、大仏のような大きなイボがあるのを見た喜三郎は驚いた。

「あんたは……」

ひと月ほど前、素行不良で神田郵便支局を解雇された印田亀吉だった。そして、亀吉が近ごろあちこちの郵便ポストに悪戯を仕掛けている犯人だと国東警部から聞かされ、喜三郎はさらに驚いた。

郵便ポストへの悪戯のことは集配人である喜三郎ももちろん知っていたが、その容疑者として亀吉が警察から目をつけられていたということは関係者以外知らされていない。

今日、たまたま通りすがりの事件に首を突っ込み、捕らえた犯人が郵便ポストの悪戯をしていた犯人であり、それがかつて同じ支局で集配人をしていた印田亀吉であったということに、喜三郎は驚愕したのだった。

「いてて。いてえよ、サツの旦那。肩の骨が折れてるよ！」

亀吉はしきりに痛みを訴える。

「我慢しろ。女房や娘にした仕打ちを思い知ったか」

刑事のひとりが言う。

そのとき、人込みをかきわけて女が出てきた。見覚えのある荻野吟子だった。近くの商店の主人の往診の帰りだという。

「また、あなたですか。暴力の場というと、きっとあなたの姿がありますね」

吟子は喜三郎にそう言うと、警察関係者を尻目《しりめ》に、地べたに座りこんだ亀吉の着物を諸肌《もろはだ》脱ぎにさせて「見せてご覧なさい」と言った。喜三郎はふと、平和な社会を築くといった吟子の言葉を思いだした。

「いてえよ、ほんとうに骨が折れたみてえだ！」

亀吉は子どものように目に涙をためて訴える。

「我慢なさい、これしきのことで、なんですか。女は毎月、血を流しているんですよ！」

吟子の強い語調に亀吉は悄然《しょうぜん》となった。

「まっこと気の強かおなごじゃ。薩摩《さつま》おごじょにも引けをとらん」

国東警部は喜三郎に耳打ちした。

「大丈夫。ただの打撲です。骨に異状はありません」

吟子は立ちあがると、「念のため、警察に着いてから専門医に診てもらってください」と告げて、去っていった。

一同は、つむじ風のようにやって来て去っていった女医を呆然と見送った。

「また、世話になったのう」

我に返った国東警部は喜三郎にねぎらいの言葉をかけたあと、「怪我はなかったか」とお安と娘に訊ねた。

「はい、お陰様で。ありがとうございました」

お安は深く頭をさげた。

「この郵便屋に感謝ばせいよ、はははは」

国東警部は喜三郎の肩をドンと叩いた。

亀吉を引き連れ、国東警部たちは意気揚々《ようよう》とその場をあとにした。

(今度も、国東警部にうまく使われたか……)

喜三郎は、お安から何度も礼を言われたが、心はしっくりいかなかった。

五

日本の女医第一号の荻野吟子は、そののちも医師としての仕事をつづけながら、女性の地位向上をめざす社会活動にも積極的に参加していった。

自分のように性病に苦しむ女性を生みだす根本原因は、一夫多妻や妻妾《さいしょう》同居を当然のように認めている風潮や刑法にあると吟子は考えた。これまで虐《しいた》げられてきた女性たちを救済し、性病罹患《りかん》の温床《おんしょう》となっている公娼制度を廃止しなければならないと思ったのである。

翌明治二十二年六月、キリスト教の男女平等の理念をもとに、東京婦人矯風会は元老院《げんろういん》に対して一夫一婦制の確立の建白書と、八百人余りの署名をあつめた請願書を提出したが、吟子はその代表のひとりとして名を記している。

二十三年には、議会の婦人傍聴禁止撤回運動に参加し、陳情書に有志総代のひとりとして吟子も署名している。運動の結果、女性の議会傍聴が認められた。

ところが同年十一月、吟子は周囲の反対を押し切って、十三歳下の志方之善《しかたゆきよし》というキリスト教信者の学生と再婚。翌年、国粋主義が台頭《たいとう》し、キリスト教弾圧が強まるなか、夫の志方は理想郷の建設を目ざして北海道へ渡る。ひとり残った吟子は、明治女学校の舎監《しゃかん》となり、医院を休業した。二十七年になって、ついに吟子は夫の後を追って北海道へ渡った。喜三郎はだいぶ経ってから、風の噂に荻野吟子の北海道行きを聞き、吟子は医者としての職責以上のものを求めて新しい世界に旅立ったのだろうと思った。

一方、駿河台で吟子の手当てをうけた田中正造は、二年後の明治二十三年、第一回総選挙で栃木第三区から衆議院議員に当選する。新聞でその記事を読んだ喜三郎は、田中正造もついに中央議会に進出したかと感慨深いものがあったが、正造の思惑《おもわく》が衆議院議員のまだまだ先にあったことをその後に知った。

当選したころは、足尾銅山《あしおどうざん》の鉱毒が渡良瀬川《わたらせがわ》流域に流され、大被害となっていた。正造は二十四年、第二回議会ではじめて「足尾銅山鉱毒の儀につき質問書」を提出する。その後も鉱毒事件に関してさまざまな行動を起こしたが、埒《らち》があかない対策に業《ごう》を煮やした正造は、次第に議会や政党に絶望して、三十四年十月に衆議院議員を辞職。その二か月後、明治天皇に直訴《じきそ》するという非常手段に打って出て、社会に衝撃をあたえた。

当時、岩手県立盛岡中学校の生徒だった石川一《はじめ》は、田中正造の果敢《かかん》な行動に感銘をうけ、仲間とともに青森歩兵連隊八甲田山《はっこうださん》遭難事件の号外を売って手にした二十円を被害民におくり、「夕川《ゆうせん》に葦《あし》は枯れたり血にまどう民《たみ》の叫びのなど悲しきや」という歌を詠んだ。歌人・石川啄木《たくぼく》の若き日の一挿話《そうわ》である。

また、そのとき学習院中等科にかよっていた十八歳の志賀直哉《しがなおや》も、正造の直訴に衝撃をうけたひとりだった。直哉は友人といっしょに被害地視察を計画したが、実現しなかった。というのも、祖父の直道《なおみち》がかつて古河市兵衛《ふるかわいちべえ》とともに足尾銅山の開発にたずさわっていたことから、被害民支援をめぐって父の直温《なおはる》と対立し、断念せざるをえなかったのである。直哉はのちにそのときの葛藤《かっとう》を、『或《あ》る男、其《その》姉の死』という小説で吐露《とろ》している。

正造の直訴はこのように各方面に波及《はきゅう》したが、正造は命が果てるまで足尾の鉱毒問題解決に力をそそいだのであった。

第三話　牛にひかれて犯人捜《さが》し

一

十人十色というが、世の中にはいろいろな性格の人間がいる。郵便物ひとつ受けとるにしても、「ご苦労様」「お世話様です」とひと言声をかけてくれる人もいれば、なにも言わず黙って引ったくるように受けとる人もいる。郵便集配人としてどちらがありがたいかは自明のことだが、たったひと言でも声をかけられれば仕事の励《はげ》みになるのは言うまでもない。

神田連雀町《れんじゃくちょう》の青物問屋・久能木屋《くのきや》で女中をしているお升《ます》は郵便物を受けとるとき、いつも笑顔で「ありがとうございます」と声をかけてくれる。気立てはいいが、右目の下にある泣きぼくろのせいか、ときどき寂しそうに見えることがある。

房州《ぼうしゅう》の漁師町で生まれ、十五の歳まで父親の漁の陸揚げを母親といっしょに手伝っていたというだけあって、小麦色の大柄な体をしている。

「でも、漁師町で育ったのに、あたし泳げないんですよ」

おかしいでしょ、と言ってお升は笑った。

お升は、五尺四寸（約百六十四センチ）ある喜三郎と背丈がほとんど変わらない。台所仕事や洗濯のほか、荷車をひいたり、野菜を運んだりすることも多いので、腕っ節が強くなったのだと、あるとき笑いながら喜三郎に語ったことがあった。

お升は女として、この体格に引け目を感じているらしく、旦那になる相手を毎日見下すような結婚生活はしたくないと以前話していたことがあった。

だが、蚤《のみ》の夫婦という言葉もあるように、ほんとうの愛情さえあれば女房のほうが旦那より大きくてもうまくやっていけると思うのだが、そんなことは当人でなければ分からないことなのだろう、と喜三郎は思っている。

お升は二十《はたち》になるというが、背後に男の影は感じられなかった。

「あたしは晩生《おくて》だから。そのうち、立派な旦那さまをつかまえます」

お升は笑顔にまぎらして、そう喜三郎に言ったことがあった。

（あんないい娘をどうして男どもは放っておくのだろう……）

喜三郎は会うたびにそう思うのだが、男女の縁というものはそう簡単にはむすばれないものだということは分かっていた。一年、いや五年経っても結ばれない男女もいれば、会って三日目で結婚を決めたという男女もいる。

（この俺だって、一年とたたねえうちにお寿美《すみ》といっしょになったんだ……）

コロリ（コレラ）で亡くした女房のことを、喜三郎はふと思いだした。ひと筋縄ではいかないのが、男と女の縁というものなのだと、あらためて思った。

その日の夕まぐれ、最後の配達を終えて神田松永町《まつながちょう》まで来たところで、すでに行灯《あんどん》に火がともった連れ込み宿にひと組の男女がはいるのを喜三郎は見た。

（あれは、久能木屋のお升じゃねえか……）

見間違いかと思ったが、宿の軒灯りに映し出された顔の右目の下のほくろを見つけて、お升だと確信した。髪に赤い珊瑚《さんご》の玉かんざしを挿《さ》して、珍しくお洒落をしている。

相手の男は、お升とほぼ同じ背丈だが、お升よりも細身でいわゆる優男《やさおとこ》だった。どこか遊び人風の気配をただよわせていた。

（男には縁がないといつも言っていたが……）

ひとの恋路を邪魔するやつは、という言葉もあるから、喜三郎はお升の恋をむしろ喜ばしい気持ちで見守ろうと思った。

二

数日後、神田須田町《すだちょう》の出会い茶屋で男の死体が発見された。

仲居《なかい》の話によれば、その日の夕方、二十代のふたり連れの男女がやって来たという。通常なら、茶道具と煙草盆を渡し、二階の部屋に案内するのだが、そのときは男が酒にしてくれといったので銚子二本の冷や酒に盃をそえて煙草盆といっしょに渡した。

「部屋にはいってからは、ご想像のとおりです」と仲居は言った。ふたりは一時間ほど部屋で過ごしたあと、女のほうが先に帰っていったという。

女は帰るときに、「男のひとは疲れているから、しばらく寝かせておいてください」と言って、料金をすこし余分に置いていったという。金さえもらっておけば踏み倒されることもないと安心した仲居は、それからさらに一時間ほどたって部屋のようすを見に行った。二度、三度と障子の外から声をかけても返事がないので、仲居が思いきって部屋にはいっていくと、布団のうえで男が首にシゴキのようなものを巻きつけて倒れていたのを見つけた。あわてて揺さぶってみたが、微動だにしない。息もしていないようなので、仲居は下の帳場に駆けおりて主人に伝えた。

間もなく、主人から連絡をうけた神田署の外垣玄二郎《とがきげんじろう》刑事が臨場してきて、現場検証をした。

現場には、殺された男の所持品らしい銀煙管《ぎんぎせる》が残っていた。牡丹《ぼたん》と唐獅子《からじし》が彫刻されたかなり高価な品物である。

「それで顔は覚えているか」

外垣刑事が訊ねた。

「顔を隠して逃げるように出ていったので……」

仲居は申し訳なさそうに答える。

「そうかい」

「ただ、体は男みたいに大きかったですが」

「男みたいに大きな女か……」

外垣刑事は仲居の言葉をくり返した。

大柄な女という容疑者像が浮かんできたところで、まずは現場周辺から女に関する情報を収集することになった。

一方、現場に残されていた銀煙管を手がかりにして、近隣の盛り場で聞きこみをしたところ、殺害された男の身元がすぐに判明した。銀煙管を愛用していた男の名は毛場庄三郎《けばしょうざぶろう》といい、もと旗本の三男坊で二十八歳。十五、六のころから放蕩《ほうとう》無頼の生活をおくり、親から勘当《かんどう》されている。

知り合いが牛乳販売業をはじめたので、自分でもできるだろうという甘い考えで開業したが、もともとずぼらな性格の庄三郎は、宵っ張りで、朝早く起きて一軒一軒牛乳を配達するという面倒な仕事には向いていなかった。当然、経営が苦しくなり、あっさりと廃業したあと、せっかく得た畜産と乳牛の知識と技術を活かそうとあちこちの牧場で下働きをしたり、搾《しぼ》った牛乳を得意先に配達したりする仕事をしていたという。

牛乳販売業は幕末のころ、前田留吉《まえだとめきち》という人物が興《おこ》したのが始まりといわれる。千葉出身の留吉は若いころオランダ人から乳牛の飼育方法、搾乳や処理技術を学び、やがて横浜で独立して牛乳の製造と販売を開始した。

一方、幕府が瓦解すると、旗本は失職し、各藩の大名は国許に帰り、屋敷の多くは空き家同然となっていたが、この広大な土地は牛を飼うのに好都合で、政府関係者、財界の名士、旧藩士らが出資者、経営者となって東京で次々と搾乳業《さくにゅう》を興した。

五稜郭《ごりょうかく》で明治政府に抵抗した榎本武揚《えのもとたけあき》、明治の元老・山県有朋《やまがたありとも》、副島種臣《そえじまたねおみ》、大久保利通《おおくぼとしみち》、榎本と行動をともにした幕臣の大鳥圭介《おおとりけいすけ》、薩摩出身の松方正義《まつかたまさよし》、東京府知事の由利公正《ゆりきみまさ》ら名だたる人物が出資者や事業主として搾乳業に参入した。明治十七年の時点で、搾乳の牛は八百五十三頭いたという。

搾乳業をはじめることが多かったのは、禄《ろく》を失った武士たちである。馴れない仕事に手こずって失敗することを武士の商法というが、牛乳に関してはうまくいく場合も多かった。牛乳一升《いっしょう》（約一・八リットル）の卸《おろしう》売り代は高くても二十銭。これを一合《いちごう》（約〇・一八リットル）三銭で売れば、一升につき十銭の儲けとなる。一斗《いっと》（約十八リットル）で一円の収入、一石《いっこく》（約百八十リットル）では十円の収入になる。ただし搾ったままの生乳《せいにゅう》で日持ちがしないから廃棄する分もあるし、諸費用もかかるので、まるまる十円の儲けとはいかないが、大工や左官の日当が九十銭から一円の時代に、これはそこそこいい稼ぎとなった。

当初、牛乳を飲むと外国人のように髪が赤く、目が青くなるという俗信があり、一般の拒否感が強かった。ところが明治四年に天皇が一日に二度飲むと報道されると、牛乳に対する見方が一変した。その後、官民あげて牛乳の有用性が喧伝《けんでん》されて、人びとの口にはいるようになった。牛乳は牛肉と同様、文明開化の新しい飲食物として政府や知識人から推奨されていたのである。その後、徐々に牛乳の普及はすすみ、家庭向けの配達もはじまった。十年ほど前からは、牛乳の配達にはブリキ缶を使用することが定められた。

三

神田須田町の出会い茶屋で殺害された毛場庄三郎があちこちの牧場を渡り歩いていたという情報を

得ると、捜査範囲が広域になったため、警視庁から国東英太郎《くにさきえいたろう》警部が出張《でば》ることになった。

国東警部は部下の上迫善吉《うえさこぜんきち》刑事をつれて、まずは毛場庄三郎が一年ほど前につとめていたという、京橋区入船町《いりふねちょう》八丁目の耕牧舎《こうぼくしゃ》という牛乳販売業を訪れることにした。鍛冶橋《かじばし》にある警視庁から入船町までは歩いても三十分とかからずに行ける距離である。だが、初夏の日差しをうけて、国東警部の額《ひたい》にはすでに大粒の汗が吹きだしていた。

「おはん、牛乳ば飲んだこつがあるか」

国東警部は額の汗をハンカチで拭きながら、上迫刑事に訊ねた。

「もちろん、ありますよ」

「おいは、どうもあの生臭いにおいが鼻についてのう」

「コーヒーに入れると、生臭さが消えるといいますよ」

「コーヒーなんてハイカラなものは飲みやせんよ」

「警部、いまやコーヒーは庶民の嗜好品《しこうひん》のひとつです」

昨年四月、上野黒門町《くろもんちょう》に洋風喫茶店・可否茶館《かひさかん》が開業し、新しもの好きが連日来店していた。

ふたりは木挽町《こびきちょう》から新富町《しんとみちょう》へと歩いていく。近隣一帯は築地《つきじ》と呼ばれるが、その名が示すとおり、江戸時代に埋め立てられた土地である。埋め立て後は大名屋敷が多く並び、諸国物産をあつかう問屋があつまる地域となった。

ところが幕末から開国にかけて、旗本や大名たちの屋敷は荒れ果て、塵芥《じんかい》の山ができ、野犬がのさばる野原と化した。

黒船の来航以来、アメリカなどと開国の条約を結んだ幕府は、神奈川、大坂、兵庫、長崎、新潟、箱館と次々に居留地《きよりゆうち》を開設したが、江戸にも外国人居留地を設置することを余儀なくされ、白羽《しらは》の矢がたったのが隅田川の河口で、広大な武家屋敷が多かった築地だった。築地居留地の工事は慶応三年にはじまり、明治元年に開設。

まずは外国人らが宿泊できる場所をつくる必要があり、かつて海軍軍艦操練所があった場所に築地ホテル館が着工。二階建てに三層の塔がのった木造の建物で、日本人による最初の本格的な外国人用ホテルだった。支配人、料理長はフランス人で、館内レストランで供《きよう》されるフランス料理は正統派の味であると称賛された。ビリヤードがあり、品川沖の船が見え、東京の街や富士山も見渡せた。いちやく東京名所とうたわれて人々の評判となり、錦絵が幾種類も販売された。

だが近くに次々とホテルが立ち並ぶと、営業不振となり、外観は荒れて人手にわたり、内部もさえず休業状態となり海軍に売り渡された。その後、築地ホテル館は明治五年の銀座の大火で消失した。

居留地は、条約などにもとづいて外国人の居住や営業を特別に許可した地域のことである。外国人はこの地域以外では居住、営業ができないという制約があるが、反面、警察権をふくむ自治行政権があり、日本の主権が及ばない治外法権区域になっている。

国東英太郎は以前、外国の犯罪者を逮捕寸前まで追い詰めたが、この居留地に逃げ込まれて捜査不能となった経験があった。そのときの屈辱を思いだし、苦々《にがにが》しい思いで道を歩いていた。

「まるで異国に来たみたいですね」

町なかのせせこましい路地とはちがって、広々とした街路には通行人もほとんどなく、目の前の人江には繋留《けいりゅう》された帆船《はんせん》のマストが見える。

どの家も壁は白や水色のペンキで塗られ、柵でかこわれた広い庭をもっている。庭の一隅には紫陽花《あじさい》や薔薇《ばら》が植えられていて、紫や赤や黄色の花が咲いていた。金髪の年配の女性がドアの横に籐椅子《とういす》を置いて座って読書をしている。涼《すず》やかな潮風がその女性の髪を撫《な》でていく。まるで日本の風景ではないようであった。

「警部は、外国に行ったことがありますか」

「いや、泰西《たいせい》名画の写真で見たことがあるくらいじゃ」

すると、日本では見かけない珍しい鳥が路上を歩いてきた。頭に肉のいぼがあり、嘴《くちばし》の根元の肉が垂《た》れている。ふと立ち止まると、尾を扇のように広げた。

「あの大きな鳥は七面鳥といって、外国では降誕祭《こうたんさい》とかいうお祭りのときに食うそうです」

上迫刑事が知ったかぶりをして言う。

「ほう、軍鶏鍋《しゃもなべ》みたいにして食うのかな」

七面鳥が羽ばたくと、今度は脚が短い鴨《かも》に似た鳥が、何羽も尾をふって歩いてきた。

「あれは家鴨《あひる》みたいですね」

そこへまた、日本では見慣れない毛むくじゃらの大きな犬がウオンウオン吠えながら走ってきて、鳥たちに吠えかかった。

金髪の七、八歳くらいの少年が後から駆けてきて、「亀、亀や」と叫ぶと、犬は尻尾をふって少年のもとへ走り寄った。

「なんじゃ、外国では犬のことを亀というのか」

国東警部が上迫刑事に訊ねた。

「まあ、たぶん亀次郎とか亀之助とか、犬の名なんじゃないですか」

返答に窮《きゅう》した上迫刑事は適当にあしらった。

「ずいぶん日本風な名づけ方じゃのう」

たわいのない話をしているうちに、ふたりは耕牧舎に着いた。

築地居留地には現在、西洋人の住宅やホテルが立ち並び、日本人が住んでいるのは三軒で、そのうちの一軒が訪問先の耕牧舎であった。京橋区には牧場が八つあるが、耕牧舎は牛乳業者番付で大関の地位を有しているほどの大牧場であった。

野草がはえた原っぱのような広大な土地に、白黒まだら模様の牛や、地《じ》が茶色い牛が放し飼いにされている。

「近くで見ると、牛って大きいもんですね」

上迫刑事が嘆声をあげる。

ちょうど休憩時間だったのか、麦わら帽子をぬいで額の汗をふいていた三十代の男がいたので、ふたりは近づいていった。

「こんちは。精が出ますね。経営者の方に用があってきたんですが」

上迫刑事が首筋の汗をハンカチで拭きながら声をかける。

「支配人なら、家のほうで一服していますよ」

男が小屋のような建物を指さして答えた。

大きな建物が牧舎兼販売所で、小さな建物が支配人の住まいのようだった。東京の牛乳屋は、牧場と販売所が隣接していて、搾った乳はその場で販売したり配達したりしていた。ふたりは小さな木造の家に向かった。ガラス戸をあけて、声をかける。

「お忙しいところ、すみません。ちょっとお聞きしたいことがありまして」

上迫刑事が中に向かって声をかけた。

「なんのご用でしょう」

木の椅子に腰かけて紙巻き煙草を吸っていた四十年配の男がふり向いた。

「警視庁の者でごわすが、せっかくの休憩のところお邪魔して申し訳なかとです」

国東警部が言った。

「警察の方がどんなご用で？」

男はこの耕牧舎の主人で、新原敏三《にいはらとしぞう》と名のった。

敏三は痩身《そうしん》で、目が鋭く、神経質そうな顔つきをしていた。明らかに突然の来客を歓迎していないことが表情に出ていた。

「ずいぶん立派な牧場ですな。牛は何頭くらいいるんですか」

国東警部は聴取の常套手段として、まず相手の気分をやわらげようと世間話からはじめた。

「いまのところ二十頭ほどです。ジャージー種の牝《めす》が二頭、ホルスタイン種の牝が十五頭に牡《おす》が二頭。いずれもアメリカから輸入しました」

「なるほど、乳を搾るのだから、牡は繁殖のために最小数いればいいわけですね」

上迫刑事が当然のように言う。

「当たり前じゃ。牡から乳はとれんじゃろう」

国東警部がそう言って、はははと笑った。

敏三はふたりのたわいのないやり取りに苦笑すると、椅子から立ちあがって台所に置いてあった薬《や》缶《かん》からブリキのカップにコーヒーをつぐと、ふたりが座っているテーブルの前に置いた。

「よろしかったら、どうぞ」

「こりゃ、すまんことです」

国東警部の鼻孔《びこう》をコーヒーの香りがくすぐった。

「今朝とれた牛乳です。よかったらコーヒーに入れて召し上がってください。生乳の生臭さが消えますよ」

敏三はブリキのカップにはいった牛乳を差しだした。

上迫は抵抗なく生乳をそそいだが、国東は遠慮した。

「新原さん、足が悪かとですか……」

さきほど敏三が立ちあがってから、左足を引きずるようにして歩いていたのを国東警部は見ていた。

「不甲斐ない話です。わたしは周防《すおう》国玖珂《くが》郡賀見畑《かみばた》村生見《いきみ》（現・岩国市美和町）の農家の長男に生まれたんですが、慶応二年の四境《しきょう》戦争で御楯《みたて》隊《たい》の一員として芸州口《げいしゅうぐち》で戦った折り、左足の踵《かかと》に重傷を負ってしまい、戦線を離脱しました。しばらく知り合いの刀鍛冶《かたなかじ》の家で療養していましたところ、明治二年の脱退騒動に巻きこまれ、理不尽にも栄誉を剥奪《はくだつ》されました。郷土のために戦ったのに、用が済めばお払い箱ですよ」

四境戦争とは、第二次長州征伐の長州藩での呼び方であり、大島口《おおしまぐち》、芸州口《げいしゅうぐち》、石洲口《せきしゅうぐち》、小倉口《こくらぐち》の四境で幕府軍と長州軍の戦闘がおこなわれた。

「おいも西南戦争の生き残りじゃが、新政府が形をなすまでには味方同士が血で血を洗うような悲惨な戦いが何度もくり広げられておりましたのう」

国東警部は遠くを見るような目をした。

「そうですか。先ほどからの話しぶりで、おそらくお国は薩摩《さつま》だろうと思っておりました」

敏三はそう言ってから、さらに話をつづけた。

「わたしはその後、萩、大阪、千葉、箱根と渡り歩いて、明治九年に下総《しもうさ》の御料牧場《ごりょうぼくじょう》にやとわれ、明治十三年まではたらきました。明治十五年の三十二歳のとき、渋沢栄一《しぶさわえいいち》が仲間といっしょに箱根の仙石原《せんごくばら》でやっていた耕牧舎に一年ほどつとめ、翌十六年にこの入船町に本店をおいて事業を拡大するというので、牛乳販売管理者としてはたらきはじめました」

「そうですか、それは大変なことで……」

国東警部は殊勝《しゅしょう》な顔で答えた。

「ところで以前、お宅の牧場に毛場庄三郎という名の男がつとめていませんでしたか」

ようやく敏三が胸襟《きょうきん》をひらいて語るようになったころを見計らって、上迫刑事が訊ねた。

「いましたよ。いましたけど、一年ほど前に辞めてもらいました」

敏三は新しい紙巻き煙草にマッチで火をつけると、苦虫を噛みつぶすような顔をして答えた。

耕牧舎ではほかの牛乳業者と同様、搾った牛乳を大きなブリキ缶から小さなブリキ缶にうつして売っていたが、毛場庄三郎は毎朝牧場を出るときに、ひそかに余分にもって出て売りさばいていたのである。この余剰分《よじょう》のアガリは自分の懐にはいるというわけだった。

「それが一度や二度じゃないんです。いくら注意してもくり返すんで、結局辞めてもらいました」

つまり、体《てい》のいい馘首《かくしゅ》である。

近ごろでは、牛乳の盗難事件が東京のあちこちで頻発していた。ほかの店の配達した牛乳を横奪し、自分の得意先にもっていく者もいるという。

「証拠はなにといってあるわけじゃありませんが、それも庄三郎の仕業ではなかったかと疑っています」と敏三は口から煙を吐きながら言った。話すことはもうなにもないという態度だった。

椅子から立ちあがると、国東警部は敏三に訊ねた。

「この近辺には外国人が多く住んでいるから、新原さんにお訊ねするんですが、外国では犬のことを亀と呼ぶんですか」

「亀?」とおうむ返しに言ってから、「ああ、それはきっとカムとかカム・ヒャとか言ったんでしょう。あちらの言葉でこっちに来いっていうことですよ」と新原は苦笑しながら答えた。

「亀がこっちに来い、ですか」

国東はまだ得心できないという顔をした。

「はい。犬はあちらではドッグといいます」

「ドッグ、ですか」

「帰りに、異国人に掘った芋《いも》いじるな、と声をかけてみてください」

「掘った芋いじるな、ですか」

今度は上迫刑事が首をかしげた。

「はい。きっとなにか答えてくれますよ」

敏三は悪戯っぽい目をして返事をした。

ふたりは外に出ると、牧場の柵ぞいに歩きだした。休憩時間が終わったのか、牧場の作業員たちは照りつける太陽の下でふたたび仕事に取りかかっていた。来たとき以上に、蟬《せみ》が鳴きしきっている。

「どうにも暑くてかなわんな」

国東警部は背広をぬぐと左腕にかけて、右手にもったハンカチで額の汗を拭いた。上迫刑事も同様にした。

「庄三郎という男、どうしようもないやくざ者ですね」

耕牧舎をあとにして、上迫刑事が発したのは、そのひと言だった。

「うむ。楽して儲けることしか考えとらん。根っからの遊び人じゃろうな」

国東警部も同意した。

帰りがけ、来るときに通った家の籐椅子に腰かけていた金髪の女性に国東は声をかけた。

「掘った芋いじるな」

「イツイズテンオクロック」

女性は小さなテーブルのうえに置いた懐中時計を見て、にっこりと笑って返答してくれた。

「テンおくれとかと言うたぞ」

「テンは十ということですから、芋を十個くださいということでしょうか」

上迫刑事も首をひねった。

「掘った芋いじるな」は、ホワットタイムイズイトナウ（いま何時？）、「イツイズテンオクロック」は、「十時です」という会話であった。

入船町をあとにしたふたりは日本橋まで歩くと、ちょうどやって来た乗合馬車にのって万世橋《まんせいばし》まで行き、両国《りょうごく》行きの馬車に乗りかえた。そして両国橋で降りると、三十分ほど歩いて本所区茅場町《かやばちょう》三丁目で営業している乳牛改良社という牛舎に到着した。本所区には六つの牧場があるが、この辺りは東京の中心から来ると建物もまばらで、広い草原がつづくだけのまさに郊外のおもむきであった。

「この辺りまでくると、だいぶ涼しくなるな」

国東警部がほっとしたように言った。

柵にかこまれた牧場には一頭の牛もひとの姿も見えなかったので、牧舎のなかをのぞくと五頭ほどのジャージーがいて、ひとりの男が作業をしていた。飼葉《かいば》切りでざくざくと藁《わら》を刻んで大きな桶《おけ》のなかに入れ、小麦の皮の屑《くず》と水をくわえて牛の鼻先に置いていく。

「お仕事中、申し訳ない。警察の者です。以前つとめていた毛場庄三郎という人物についておうかがいしたいのですが、伊藤幸次郎《いとうこうじろう》さんはいらっしゃいますか」

上迫刑事が声をかけた。

「僕が伊藤です。あの男のことですか……」

ふり向いた男はまだ二十代半ば。坊主頭で、丸眼鏡をかけている。男は首にかけた手拭いで額や首筋の汗をぬぐった。

「ここは暑いでしょう」

幸次郎は牧舎のわきの木陰にふたりを案内した。無骨《ぶこつ》な手作りの丸椅子がいくつか置いてあり、そこに腰かけてくれと幸次郎は言った。

「ここなら、すこしは涼しいですよ」

たしかにそよ風が吹いてきて、汗をかいた肌には心地よい。

「毛場庄三郎のことでしたね」

丸椅子に座った幸次郎は思いだすように、遠くを見つめて言った。

「勤めて一か月ほどして、牛乳の横流しを見つけたので、すぐに辞めてもらいましたよ」

ほかの店の配達した牛乳を横奪して自分の得意先にもっていく者もいるという、先ほどの耕牧舎の新原の話を、国東警部は思いだした。

「どんな職業だってそうでしょうが、世間でいわれるほど、この仕事もそんなに楽ではないんですがね。いまでも毎日十八時間は働いていますよ」

幸次郎は、丸椅子に腰かけたふたりの顔を交互に見て言った。

「僕は、上総《かずさ》国武射《むさ》郡殿台《とのだい》村（現・千葉県山武《さんむ》市）で農家の末子として生まれたんですよ」

父親は土地のすぐれた漢学者で、和歌にも通じていたという。その父の影響で、明治六年に満十歳で開設したばかりの嶋小学校に入学。卒業後は、佐藤春圃《さとうしゅんぽ》の塾で『史記』を学び、とりわけ「屈原《くつげん》」に傾倒した。

「この漢文の学識を活かして、十八歳のとき、条約改正への批判をこめて元老院に『富国強兵に関する建白書』を提出したこともあります」

幸次郎は自慢そうに言った。

そして政治家になろうと明治十五年に上京。明治法律学校に入学したが、間もなく目を病んで学問をあきらめ、帰郷。殿台村と東京の眼科医を往復する生活がその年いっぱいつづいた。

「でも、二十一歳のとき、千葉県令に『貨幣の差異ニ付キ伺』、郡長に『学校合併ノ議ヲ弁駁ス』という意見書を提出しました」

幸次郎の鼻が得意そうにぴくぴくと動いた。

（建白書や意見書を出すのがやたら好きな青年じゃのう……）

国東警部は感心すると同時にあきれ返りもしたが、かつて自分も幸次郎と同じように青雲の志をいだいたことがあったことを思いだした。

明治十八年の一月下旬、二十二歳になっていた幸次郎は上京のため家を出る。今回は政治家になることはあきらめ、実業家を目ざしていた。まずは資金稼ぎと、東京や神奈川のあちこちの牧場ではたらき、酪農の知識や技術を身につけたのだということだった。

（やれやれ、ようやく乳牛業につながったか……）

幸次郎の長広舌《ちょうこうぜつ》をじっと聞いていた国東警部はほっとした。

「口入れ屋の周旋で東京市佐柄木町《さえきちょう》二十一番地の豊功舎という牧場につとめましたが、きつかったですよ。朝は五時には起こされ、夜は十時まで働かされましたからね」

そして今年四月、この牛舎を千円で買い受けると、実家近くの千葉の農家から牛を安く買い入れて、徒歩で連れてきたという話を幸次郎は語った。今年末には同郷の女性と結婚する予定だという。幸次郎は話し好きのようで、聞かれもしないのに自分の来し方《こかた》を熱心に語った。

「近ごろ、ようやっと仕事が軌道にのって生活に余裕ができてきたので、短歌でもつくってみようかと思って」と幸次郎は人なつこそうな笑顔で言った。

「牛飼いだって、これからの時代は短歌のひとつも詠めないとね」

そう言う幸次郎の顔は暑気のためばかりでなく紅潮《こうちょう》していた。

四

二日後の早暁《そうぎょう》、神田川が隅田川に流れこむ辺りに架かっている新柳橋《しんやなぎばし》の下の棒くいに、女の死体が引っかかっているのが発見された。

発見したのは、近くの牧場ではたらいている牛乳配達の若者だった。川波にゆられてプカプカと浮かんでいる死体を、最初は捨てられた人形かと思ったそうである。肩にかついだブリキ缶を置いて近づいて見た若者は、本物の人間だと気づき、あわてて近くの交番に駆けこんだ。

交番から連絡をうけた神田署の宿直していた刑事が巡査をつれて現場に駆けつけ、陸に引きあげてみると、いま手配中の連雀町の青物問屋・久能木屋の女中のお升という女に特徴が似ている。なによりがっしりとした体格と、右目の下のほくろが決め手となった。

死体のあちこちに損傷があるところから、上流の和泉橋《いずみばし》か新《あたら》シ橋《ばし》周辺から流されてきたらしいと推測された。さらに、検死の結果、お升が身ごもっていることが判明した。おそらく毛場庄三郎の子だろうと刑事たちは思量《しりょう》した。

「中条流《ちゅうじょうりゅう》にもかかわらず、ひとり悩んでいたのかもしれんな」と連絡をうけてあとから臨場した外垣刑事はひとりごちた。

中条流は、かつては産婦人科医のことをいったが、やがて堕胎専門の医師をさすようになった。

毛場庄三郎は友人の元武士がうまく牛乳店を経営しているのを見て、自分でもできると思って開業したのだが、朝が早いわりには実入りが少ない。もともと地道にはたらいて収入を得るという性格ではなく、なるべく楽をして一攫千金《いっかくせんきん》を夢みるような種類の人間だった。

当然、あとは石が坂を転がり落ちるように、転落の道をたどったのだった。

朝が早い牛乳配達と女中。牛乳のやり取りしているうちに自然と親しく口を利く仲となり、その後は何度も逢瀬《おうせ》を重ねることになった。

ところがお升が妊娠。結婚をせまるお升が鬱陶《うっとう》しくなった庄三郎はだんだん逢引《あいびき》を避けるようになる。お升は未婚の自分が懐妊したと知ったら、店の主人はふしだらな女だと非難して解雇するにちがいないと思い悩む。お升は何度も所帯をもってくれと頼んだが、もともと遊び人の気質が身についていている庄三郎は聞く耳をもたない。思いあまったお升は、宿に連れ込んだ庄三郎を自分のシゴキで首を絞めて殺した。

警察は、庄三郎殺害のつぐないとしてお升が入水《じゆすい》自殺をはかったということで一件落着としたのだった。

神田川に身を投げて死んだという女の噂は、たちまち沿岸近辺の人びとに広まった。喜三郎は配達先で、その女が神田連雀町の青物問屋・久能木屋の女中のお升だと知らされ、少なからず衝撃をうけた。

(なんで死んじまったんだ……)

喜三郎は憐憫《れんびん》の情をおぼえると同時に、生前のお升の屈託《くつたく》のない笑顔が脳裏に浮かんだ。

それから四日後。

喜三郎は神田永富町《ながとみちょう》の米問屋・柏屋《かしわや》に郵便物を配達したとき、女中の髪に赤い珊瑚《さんご》の玉かんざしを見つけて、驚愕した。

「もし、そのかんざし、どこで手に入れなさった?」

「これ?　なかなかいいでしょ。買えば高いもんだと言ってたわ」

お照という女中は髪に挿してあったかんざしを抜きとると、得意そうに喜三郎に見せた。

「どなたからいただいたので?」

「男友だちからもらったのよ」

「そのひとの名は、なんと?」

「半次というひと。浅草小島町《こじまちょう》の長屋に住んでいるんだけど、ほとんど家にはいないわよ。あっちこっちの飲み屋や岡場所を泊まり歩いていて、決まった仕事もなく、毎日ぶらぶらしてるわ。そんなやつが、どうしてこんな高いものを買えたのか不思議だったけど、博打《ばくち》で大金を手にして買ったから、お前にやるって四日前にくれたのよ」

四日前というと、お升が入水自殺したときと重なる。

「郵便物を届けたいなら、あのひとが入りびたっている神田明神下《みょうじんした》の与一屋《よいちや》って矢場《やば》に行ってみるといいわ。だいたいいるから」

郵便集配人の制服を着ていたので、女が配達の件だと勘違いしてくれたのが幸いした。

「与一屋ですね。ありがとうございました」

喜三郎は慌ただしく礼を言うと、急いで残りの配達をすませ、支局に帰還した。そして一日の業務報告を簡単にすませると、私服に着がえて神田明神下に向かった。

矢場は、楊弓場《ようきゅうば》、楊弓屋ともいう。料金をとって、遊戯用の小弓（楊弓）を的に射させて遊ばせる店である。放った矢をひろう矢取り女がいるが、美人をそろえて集客するというのが特徴だった。的場の後ろの小部屋でひそかに売色させる店もあり、近年取締りが厳しくなっていた。

旧幕時代ににぎわった矢場も、新しい時代をむかえて衰退の道をたどっていた。ただ、その頽廃《たいはい》した雰囲気がある種の荒《すさ》んだ心をもつ人間にとっては居心地がいいようでもあった。半次という男もそのひとりなのだろう、と喜三郎は思った。

「土弓《どきゅう》」と書かれた行灯《あんどん》がともる間口二間（約三・六メートル）ほどの店の前に立つと、中から男と女の嬌声が聞こえてきた。

「ごめんなさいよ」

喜三郎は声をかけて中にはいった。

「いらっしゃい！」

化粧の濃い二十代半ばの女が顔をあおいでいた団扇の手をとめてふり返ると、愛想よく答えた。

「半次さんという方はおいでですか」

喜三郎の問いに、七間《しちけん》半（約十三・七メートル）先の的に向かって矢を放とうとしていた男が、弓と矢を下において「半次は俺だが」と答えた。二十すぎの、頬のそげた酷薄そうな散切《ざんぎ》り頭の男だった。

「永富町の米問屋・柏屋さんの女中のお照さんが持っていた珊瑚の玉かんざしについて、お聞きしたいんだが」

喜三郎の言葉が終わらないうちに、男は立ちあがって裸足のまま土間に降り、店の外に飛びだした。

「待て！」

喜三郎は半次のあとを追った。

日ごろの不摂生《ふせっせい》がたたったのか、半次は二町も走ると息が切れて立ち止まった。郵便集配で足を鍛えている喜三郎はなんなく追いついた。

「おめえ、刑事か」

「刑事なら、どうする？」

喜三郎はわざとはぐらかして、挑発するように言った。

「これでも食らえ！」

半次は突然、懐から匕首を取りだすと、鞘《さや》を投げ捨て、喜三郎に斬りかかった。

無我夢中の半次はむちゃくちゃに襲いかかってくる。なまじ素人だけに、次の動きが読めない。刃物に素手《すで》で立ち向かうのは不利なので、喜三郎は近くに得物がないかと探した。

ちょうど荒物屋の横にある天水桶《てんすいおけ》のわきに天秤棒が立てかけられていた。それをつかむと、喜三郎はシュッシュッと両手でしごいた。腰を落として、相手との間合いをはかる。

「くそっ」

無言のまま対峙《たいじ》する相手に恐怖を感じたのか、耐えきれなくなった半次が右手で握った匕首を振りおろしてきた。喜三郎は天秤棒で半次の右腕を下から叩くと、ぐるりと回転させて相手の肩を打った。

「うっ」と呻いて、半次は地べたに倒れた。

「観念しろ」

喜三郎は落ちた匕首と鞘をひろうと、鞘に匕首を収めた。半次は覚悟を決めたのか、あぐらをかいたまま黙りこんでいる。顔や首筋は汗みずくである。

半次を見おろしながら、喜三郎は肝心なことを確かめた。

「神田連雀町の青物問屋・久能木屋のお升を殺したのは、お前か」

「相手の名なんぞ知るかい。新シ橋ですれ違ったとき、ガス灯に照らされて赤い珊瑚の玉かんざしがキラッと光った。値打ちもんだとすぐに分かった。しかも、女はなにか物思いにふけっているようで、放心状態だった。盗るなら今だ、と思ってすかさずかんざしを抜きとった。女はびっくりして、それは大事なものだから返してくれとしがみついてきやがった。やけに大きな女で、もみ合ううちに欄干《らんかん》から川のなかに落ちやがった。どうやら泳げないようすで、あっぷあっぷいってたが、そのうち姿が見えなくなった。かんざしさえ手にはいりゃ用はないから、そのままトンズラを決めこんだってわけだ」

半次は不敵に笑った。

お升が以前、自分は漁師町で育ったのに泳げないのだと笑っていたことを喜三郎は思いだした。泳げないうえに、腹のなかに子を宿していた身では、水中で思うように動けなかったはずである。溺死《できし》したお升の心中を考えると、喜三郎は哀れでならなかった。

お升が半次に「大事なもの」と言ったのは、そのかんざしが恋する毛場庄三郎から贈られたものだからだろう。それを身勝手に奪い取って、お升を見殺しにしたこの鬼畜に対して、喜三郎は煮えくり返るような怒りをおぼえた。

そこへ巡査がふたり、息せき切って到着した。

「いざこざがあったと通報があったのでやって来た。いったい、どうしたんじゃ」

血相を変えて店を飛びだした半次と、それを追いかける喜三郎に事件の気配を感じとった矢場の女が、近くの交番に通報したらしい。

「すべて、こいつが知っています。こいつの口からお聞きになってください」

喜三郎は半次の襟《えり》をつかんで立たせると、巡査に引き渡した。

「お前も同道して、経緯を説明しろ」

半次に捕縄をかけた巡査は、居丈高《いたけだか》に言った。

「承知しました」

喜三郎は服の汚れを手ではらうと、巡査らのあとに従った。

五

事件が落着して、国東警部がいつもどおり神田佐久間町三丁目の喜三郎の長屋を訪れた。手には徳利と肴《さかな》を包んだ竹の皮がはいった麻袋を提げている。

「それにしても、因果《いんが》なものじゃな」

麻袋を喜三郎に差しだしながら国東警部は言った。

「なにがです？」

それを受け取りながら喜三郎が答えた。竹の皮をひらくと、黒豆を甘く煮染《にし》めた座禅豆と、蔬菜《そさい》を刻んで味噌につけたやたら漬が出てきた。

「絞め殺された毛場庄三郎という男は牛乳配達をしておった。その情夫を殺したお升という女の死体が、同じ牛乳配達に見つけられるというのも、殺された庄三郎の怨念《おんねん》というものを感じさせるわい」

「怪談話ですかい」

台所からふたり分の盃と箸をもってきた喜三郎は、徳利の酒を盃についだ。

「うむ。世の中には理屈では割り切れんもんがあるもんじゃい。たとえ明治という時代になってもな」

喜三郎は黙ったままだった。

かつて女医の荻野吟子《おぎのぎんこ》が心をしぼるように言った言葉が、ふと思いだされた。

「女はいつも男の弄《もてあそ》びものとして扱われてきました。いったい、いつになったら女は自立できるのでしょうか」

男である喜三郎は、その問いに対して答えることはできなかったが、いまでもずっとその言葉は心に引っかかっている。

「哀れですね」

盃の酒をぐいっと飲み干すと、喜三郎はぽつんと呟いた。

「ああ、庄三郎はたかが小悪党、殺すまでもなかっただろうにな」

国東警部も盃の酒を嘗《な》めながら同情するように言うと、竹の皮のうえの座禅豆を箸でつまんで、ぽいと口に入れた。

「いや、庄三郎のほうではなく、お升のほうです」と言葉を返そうと思ったが、喜三郎はやめた。犯人を捕縛する警察側の人間に、加害者への同情を訴えても詮《せん》ないことだと判断したからだった。

徳利から盃に酒をつぐと、喜三郎は一気に飲み干した。哀しそうな犬の遠吠えが聞こえた。

のちの話になるが、京橋区入船町八丁目で耕牧舎を営んでいた新原敏三は三年後の明治二十五年に妻フクとの間に長男が生まれ、その子に龍之介《りゅうのすけ》と名づけた。だが、龍之介が生後八か月のときにフクが精神に異常をきたし、敏三は本所小泉町《こいずみちょう》に住むフクの兄の芥川道章《どうしょう》に龍之介を預けた。複雑な生いたちを経たこの男児は、のちに小説家として名を残すことになる。芥川龍之介である。

一方、本所区茅場町三丁目で乳牛改良社を営業していた幸次郎青年は、のちに伊藤左千夫《いとうさちお》という筆名を名のり、正岡子規《まさおかしき》に師事し、根岸短歌会の主要人物となる。「牛飼《うしかい》が歌詠む時に世の中のあらたしき歌大いに起《おこ》る」という歌は、左千夫の代表歌として人口《じんこう》に膾炙《かいしゃ》している。やがて左千夫は小説にも筆を染め、『野菊《のぎく》の墓《はか》』という純愛小説の名作を残すのである。

第四話　それは十二階からはじまった

一

藤丸喜三郎《ふじまるきさぶろう》が仕事を終えて更衣室で私服に着がえていると、同僚の田中と鈴木の会話が聞くともなく聞こえてきた。

「行ったかい？　浅草の十二階」

「いや、まだだ」

「俺はこの間の休みに行ってきたよ」

「込《こ》んでいただろう？」

「休みの日くらい、家でごろごろしていたかったんだが、ガキどもが連れてってくれ、連れてってくれってしつこくせがむんで、仕方なく早起きして出かけていったんだが、すでに長蛇《ちょうだ》の列だった」

「そりゃあ、ご苦労様。で、どうだった？」

「行ってみて、びっくりした。とにかく高い！」

「眺めがよかっただろう？」

「一階から八階まで米国製の電動モーターを取りつけた昇降機が観客をはこぶんだが、とにかく押し込んで押し込んで息もできねえほどのぎゅうぎゅう詰め。ガキどもが泣き出す始末だ」

「命がけだね」

「二階から八階には五十近い商店が土産物《みやげもの》を売っている、九階には上等の休憩室があって美術品が展示、十階が眺望室、てっぺんの十二階まで行くと、なんかゆらゆらと揺れていて、まさに雲の上にいる感じだ。三十倍に見える望遠鏡があってな、下界のようすが手にとるように見える。とにかく、お前も一度は見に行ったほうがいい。東京の新名所だ」

「近いうちに行ってみるか」

ふたりのたわいない会話を聞いていた喜三郎は、浅草と聞いて懐かしくなった。

十三年前にコロリ（コレラ）にかかって短い一生を終えた女房のお寿美《すみ》がつとめていたのが、浅草二十軒茶屋《にじっけんぢゃや》の水茶屋だった。江戸の美人画で有名な「難波屋《なにわや》おきた」になぞらえられて、「今おきた」などと持てはやされた美人の女房だった。

店で知りあった喜三郎とお寿美は間もなく所帯をもったが、当時、猖獗《しょうけつ》をきわめていた感染症にかかって、十八のお寿美は呆気《あっけ》なくこの世を去ってしまった。

（しばらく浅草にも行ってないな。今度の休みにでも出かけてみるか……）

いくらか感傷的な気分になった喜三郎は、心のなかでそう呟《つぶや》いた。

「それじゃ、お先に」

まだ世間話に興《きょう》じている田中と鈴木に声をかけると、喜三郎は神田郵便支局の通用口から表に出ていった。服装はいつもどおり、鳥打ち帽をかぶり、シャツのうえに羽織を着て、パッチのようなものを履《は》いている。

（すこし冷えるな……）

十一月も半ばとなり、空気がひんやりとしている。喜三郎の足は自然と速くなっていた。

日曜日の午前、喜三郎は多くの人でごった返す浅草公園の凌雲閣《りょううんかく》前にいた。

凌雲閣は通称「浅草十二階」あるいは「十二階」ともいった。今月の十日に開業式がおこなわれ、翌日から一般観覧となっている。

凌雲とは、高く雲をしのぐこと。俗世を超越している意味にも使うが、俗世の超越どころか、観覧がはじまってみれば東京じゅうの新しもの好きたちが押し寄せて、開業最初の日曜日には六千人もの観客が詰めかけたという。新聞広告が功《こう》を奏《そう》したのか、東京の新名所として大評判となった。入場料は大人が八銭、子どもが四銭。

建物は、十階までが煉瓦《れんが》造りで、十一階と十二階が木造になっている。高さは百七十三尺（約五十二メートル）。一階から八階まで、日本で最初に設置された電動式昇降機（エレベーター）が観客をはこぶ。エレベーターは二基あり、一基が上がると一基が下がるようになっていた。窓もついていて、入口を除く三方には布団をしいた腰かけや姿見《すがたみ》まで設けられていた。

（はいるまでに疲れちまうな……）

喜三郎もいやになるほど長い列に並び、入口で切符を買ったあと、ようやくエレベーターに乗りこんだ。

広さは三畳ほどで、十五人も乗ればいっぱいになる。それをぎゅうぎゅう押しこんで、二十人以上も乗せている。重量過多で、いつ故障してもおかしくない状況だった。案の定、しばらくしてガタンという音とともに突然エレベーターがとまってしまった。

「なんだ、なんだ！」

「どうした、故障か！」

狭い空間に閉じこめられた二十人ほどの観客が口々に騒ぎだした。小さな男児が恐怖のあまり、泣いている。

「これ、泣くんじゃありません。男の子でしょ。すぐに動きだしますからね」

母親らしき女が男児をいさめた。

「弱ったな。閉じこめられた」

「待っているしかないわね」

近くで夫婦が会話を交わしている声が聞こえる。夫は四十半ばの体格のいい男で、大島の袷《あわせ》のうえに羅紗《らしや》の二重廻しを羽織って、頭に黒い山高帽をかぶっている。妻は夫よりもひとまわり以上年下で、漆黒《しつこく》の髪を銀杏返《いちようがえ》しに結って、羅紗の東《あずま》コートを着ていた。その妻が夫と話をしながら、ちらちらと喜三郎のほうを見ている。

「失礼ですが、ひょっとして、喜三郎さんとおっしゃいませんか」

女が思いきったように声をかけてきた。

「はあ」

喜三郎は要領を得ない返事をする。女の顔に心当たりはない。

「あたし、お牧《まき》と申します。以前、向島《むこうじま》で芸者をしていたときは小《こ》よしと言いましたが……」

「ああ、お牧さん」

たしか生まれは野州足利《やしゅうあしかが》で、十歳で身売りされて向島の芸者置屋で雑用をしながら三味線や唄、踊りを習得し、半玉《はんぎょく》を経てようやく一人前の芸者になったのだとお寿美から聞かされたことがある。

つらいことがあると、浅草観音に詣《もう》でて、帰りに二十軒茶屋の水茶屋に立ち寄り、お寿美になにかと相談していたということも思いだした。

（たしか年齢はお寿美よりひとつ下のはずだった……）

あのときはまだ十代でやせ形の美人だったが、いまは肉じしがついて、ますます艶っぽくなっている。すでに二十代後半になっているはずだった。

「お元気そうで、なによりです」

喜三郎があれこれ昔のことを思いだし、あいさつする。

「お陰様で、どうやらこうやら。喜三郎さんもお元気そうでなによりです」

お牧が嫣然《えんぜん》と微笑む。

「どなたかな？」

妻が親しそうに話しかけている男の正体も分からず、ふたりの会話の外に置かれていた夫がすこし苛立《いらだ》ったように口を挟んだ。

「こちら、わたしが芸者づとめをしていたときのお友だちの旦那さまです」

「喜三郎と申します。女房はもう十年以上も前に、コロリにかかって他界しましたが」

喜三郎は別に隠すこともないと思い、事実を告げた。

「お寿美ちゃん、亡くなったんですか！」

お牧がびっくりしたような大声で言った。

「知らなかったわ。ごめんなさい、お悔《く》やみも申しあげないで……」

お牧の顔が急にくもった。

そのとき、エレベーターの故障がなおったらしく、ふたたび動きだした。

「ようやく降りられる」とお牧の亭主が言った。

喜三郎たちは八階で降りて、歩いて螺旋《らせん》階段を上り、十二階を目ざした。

上りながら聞くところによると、お牧の亭主の樽貝金治郎《たるがいきんじろう》は、日本橋伊勢町で鼈甲屋《べっこうや》を商っているという。鼈甲屋は鼈甲だけでなく、宝石類や貴金属も扱うので、それなりの資本がないとできない商売である。

「けっこうなご商売ですね」

喜三郎には珍しく、お世辞めいた言葉を発した。

「まあ、なんとかやっていますよ」

金治郎は鷹揚《おうよう》に答えた。

「あなたは、どんなご職業を？」

金治郎が問い返してきた。

「あたしは、神田の郵便支局で集配人をしております。もう十年ほどになりますか」

「そうですか。郵便のお仕事を。雨や風、寒いなか、暑いなか、集配の仕事もたいへんでしょうな」

外勤《がいきん》に関して、金治郎は理解のあるようなことを言った。

「どの商売でも大なり小なり、苦労はつきものです」

喜三郎はそう答えた。

三人はようやく十二階にたどり着いた。

すると、せっかくのお休みを台無しにしては申し訳ないと金治郎が言いだしたので、自分との同行を遠回しにことわっているのだと察した喜三郎はそこでふたりと別れた。金治郎は、知らない相手とはあまり長話はしたくないようだった。お牧は名残惜《なごりお》しそうだったが、丁寧に頭をさげて、喜三郎に別れをつげた。

十二階では、いろいろな客が感嘆の声をあげていた。

「品川の御台場が見えるぞ！」

「上野の森、千住製絨《せいじゅう》所、王子製紙所の煙突が見えた。まるで神さまにでもなったようで、下《しも》じもの暮らしがよく分かるよ」

「お前だって、下じものひとりじゃねえか」

「ちげえねえ」

景色がいいので、観客たちの会話もはずむ。

なかには、持参の遠眼鏡で下界をながめている男もいる。弟らしい男がその男に近づいて、なにが見えるのかと訊ねた。

「観音様の境内《けいだい》にとびっきりの美人がいるんだ」

びろうどの服を着た青白い顔の男が答えた。

そのとき、地上で放ったのか、赤や青や紫のゴム風船がふわりふわりと大空へ上っていった。

それをきっかけのように、遠眼鏡の男は弟の手を引っぱって階段を駆け下りていった。慌ただしい男たちだと喜三郎は思った。

(それにしても、あのお牧さんと浅草で会うとは……)

ひょっとして、お寿美の導きかもしれないと喜三郎は思った。

お牧に偶然再会したその日、喜三郎は亡き妻のことをあれこれ思いだしていた。

二

警視庁の国東英太郎《くにさきえいたろう》警部は、いま大盗《だいとう》を追っていた。

その盗賊というのは、鵺《ぬえ》の丙五郎《へいごろう》と呼ばれている土蔵破りである。

土蔵破りは「娘師《むすめし》」と裏社会で呼ばれている。白く塗ってあるというのが、その隠語の語源らしいが、硬い扉を強引にこじ開けてお宝を盗み出すという行為が、生娘《きむすめ》を無理やり犯す行為に似ているのでそう呼ぶのだと国東警部は自分なりに解釈している。

鵺の丙五郎はその名のとおり、正体を見せない大盗だった。

鵺というのは、源頼政《みなもとのよりまさ》が紫宸殿《ししんでん》上で矢を射て退治したという伝説上の化け物である。頭は猿、胴は狸、尾は蛇、手足は虎、声はトラツグミに似ているといわれる。つまり鵺とは、正体不明の人物ということだ。

十日ほど前の深夜。麴町《こうじまち》に住む銀行頭取の照緒伝兵衛《てるおでんべえ》の邸宅に兇賊が押し入り、土蔵のなかにあった三万円ほどの金銀を盗んでいった。錠前は特注品で、まさか破れはしないだろうと甘く見ていたのだったが、強力な金鋸《かなのこ》で切りとられていた。過去にも同じ手口で破られた土蔵があるので、鵺の丙五郎一味の仕業であろうと警察は判断した。

鵺の丙五郎はある情報では、歳は五十近くで、盗賊の親分とは思えぬ人品骨柄《じんぴんこつがら》を備えているという。強盗をしていないときの暮らしぶりは豪奢《ごうしゃ》そのもの。衣服に贅《ぜい》を尽くし、季節折々に酒宴をもよおし、湯水のように金を使う。吉原の著名な遊女と馴染み、品川、深川、新宿でも指折りの遊女を呼んで幇《ほう》間《かん》や芸者に囲まれて遊興三昧《ゆうきょうざんまい》。働きに出るのは、年に一、二度で、あらかじめ十分な調査をしてから手下を引き連れて狙った家に乱入し、一万、二万という大金を奪いとる。

また、別の情報では、年齢は四十年配。身丈《みたけ》は六尺（約百八十二センチ）近くあり、筋骨たくましく、腕力が尋常ではない。捕縄をかけられても断ち切ってしまう。健脚でもあり、一夜に三十里を走る。猿のように身が軽く、竹竿《たけざお》一本で高塀をやすやすと跳び越える。正妻のほかに五人もの妾がいて、近郷近在に子分が何人もいる。そこから情報を得て、盗みに出かける。主に豪家《ごうか》の土蔵を破るが、けっして殺生《せっしょう》はしない。

正体どころか本名すら分からず、警察の公開情報や新聞記事のほかに、風評や流言まで加わって、鵺の丙五郎の人物像がどこまで事実なのか不明であった。

「まるで明治の日本左衛門《にっぽんざえもん》だ」

鵺の丙五郎はいつのころからか、帝都の人びとからそう囁《ささや》かれていた。

日本左衛門とは江戸の中ごろ、東海道筋で夜盗をはたらき、二百人もの手下を従えていたといわれる伝説の大盗である。本名は浜島庄兵衛《はまじましょうべえ》。父親は尾張《おわり》家の家臣だったといわれる。若いうちから放蕩《ほうとう》三昧《ざんまい》で、親から勘当《かんどう》。遠江《とおとうみ》天竜川あたりの無頼仲間と知り合い、押し込み強盗に手を染める。

やがて地域の代官所が手を出せないほどの組織力をもち、祝言《しゅうげん》の場に侵入しては金品を盗み、花嫁たち女を犯し、暴虐の限りを尽くした。一方、金持ちばかりの家を襲い、盗んだ金を貧乏人に貸していたが、返済にきても受け取らないという義侠心《ぎきょうしん》もあったという。年齢二十九、背丈は五尺八寸（約百七十六センチ）、色は白く、鼻筋がとおり、顔は面長《おもなが》、月代《さかやき》が濃くて、引き傷が一寸五分（約四・五センチ）ほど……。例外的に人相書きまで出ていたが、捜査の網にはかからなかった。本来、人相書きは謀反《むほん》、主殺し、親殺しなど上下の秩序を乱した者や、関所破りの四大重罪に出されていたものだった。

庄兵衛は京都まで逃げていたが、人相書きが出たうえ、仲間がすでに捕らえられていることを知って、町奉行所に自首して江戸送りになった。延享《えんきょう》四年三月、庄兵衛ら七人は市中引き回しのうえ小伝馬町《こでんまちょう》の牢屋敷で斬首され、三人の首は東海道見付《みつけ》宿まではこばれ、二本松刑場にさらされた。

それから百年後。庄兵衛は歌舞伎の「青砥稿花紅彩画《あおとぞうしはなのにしきえ》」、通称「白浪《しらなみ》五人男」のひとり日本駄右衛《にっぽんだえ》門《もん》のモデルになった。しかも、「盗みはすれど非道はせず」と見得《みえ》を切る義賊としてよみがえったのだった。

浜島庄兵衛は日本駄右衛門として歌舞伎の世界で名を残したが、はたして鵺の丙五郎はいかにというのが、帝都の噂雀《うわさすずめ》の最大の関心事であった。

人衆の無責任な英雄視はともかくとして、鵺の丙五郎の犯行現場が栃木、群馬、埼玉、神奈川と広域におよんでいるので、所轄署どうしの連携を統轄《とうかつ》するために警視庁の国東英太郎警部が出張ってきたというわけであった。

三

その日の夕刻、藤丸喜三郎が仕事を終えて局の通用口から大通りに出ると、人力俥がとまっていて幌《ほろ》のなかから声をかけられた。

「喜三郎さん、いまお帰り？」

乗っていたのは、お牧だった。

「お牧さん……」

郵便支局前で偶然会ったとは思えないから、お牧は喜三郎の退勤時刻を見こして待っていたのだろう。

「どうして、ここにつとめているって分かったんです？」

「だって先日、十二階でお会いしたとき、神田郵便支局につとめているっておっしゃったじゃないですか」

「ああ、そうだった」

世間話にまじえて、そんなことを言ったことを喜三郎は思いだした。

「なにかご用で？」

「用というほどのことはないんですけれど、夕食をごいっしょできればと思って」

お牧は嫣然《えんぜん》と微笑んだ。

喜三郎は一瞬迷った。だが、このまま家に帰っても、独り暮らしの身ゆえ晩飯を食って寝るだけだ。せっかく再会のためにここまで来てくれたお牧のことを思えば別れがたくて、誘いにのることにした。なによりもお牧は、亡き妻の友人だったたし、先日十二階で会ったときには慌ただしく別れたので、ゆっくりと話もできなかったからである。お牧のほうも、喜三郎と同じ思いだったようである。

喜三郎が招きを受けると、お牧は人力俥からおりて、俥夫に金をわたした。車が去ると、ふたりきりになった。

「どこか近くに、食事ができるところがありますか」

お牧が訊ねる。東コートを着ていたが、お牧は体が冷えたのか、早く暖かい場所に行きたいようだった。

「そうですねえ……」

喜三郎の頭のなかに、何軒かの料理屋の名が浮かんだ。だが、ふしだらな気持ちがないとしても、他人の女房と料理屋にはいるというのも気が引ける。そもそも、料理屋など洒落た店にはいれるほどの金も持ち合わせていない。

「多町《たちょう》になじみの蕎麦屋があります」

喜三郎は行きつけの蕎麦屋に行くことにした。

歩いて五分ほどで村田屋という蕎麦屋についた。

「いらっしゃい！」

小女《こおんな》が愛想よく迎えた。いつもひとりでやって来る喜三郎のうしろに、綺麗な女がいるのを見て一瞬、小女は驚いたようだった。

「奥は空《あ》いているかい？」

「はい、空いております」

奥の小座敷に腰を落ち着けると、喜三郎はまずつまみに田楽豆腐《でんがくどうふ》と鰊《にしん》の昆布巻き、それに酒を注文した。店内の暖気《だんき》にほっとしたのか、お牧は東コートを脱ぐと丁寧にたたんで脇に置いた。

あらためて向かい合ってみると、お牧は小顔で目の大きな、鼻がすこしつんと上を向いた、色白の美人だった。お寿美も小顔で色白だったが、目は切れ長でまったく似ていない。だが喜三郎には、亡き妻の姿と重なって見えた。

さっそく酒がはこばれてきて、ふたりは互いに盃に酒をつぎ、口にふくんだ。

「十二階のあと、主人と浅草公園にあるパノラマ館にも行ったんですよ」

お牧が十代の少女にもどったように、笑顔で話した。

「ほほう、どんなところです？」

喜三郎の口調はまだ硬かった。が、互いに酒がはいると昔のざっくばらんな口調がもどってきた。

「六区にある、大きな円い建物。中にはいると、ぐるりと壁一面にアメリカの戦争の絵が展示されていて、お客さんは真ん中にある台からそれを眺めるんです。まるで戦場にいるみたいで、びっくりしました」

その後もあちこちの行楽地に行ったなどというたわいのない話がつづいたあと、お牧は表情をあらためて打ち明けた。

「じつは、あたし本妻ではないんです」

何杯か盃の酒を口にしたあと、お牧は言った。喜三郎は動かしていた箸を皿のうえに置いて、お牧の目をじっと見た。

「樽貝金治郎のお妾《めかけ》。本妻は下谷広小路《したやひろこうじ》のほうに住んでいるらしいですけれど、あたしは会ったことはありません。樽貝はあたしのほかにも、東京に二、三人のお妾がいるようです。鼈甲屋という仕事がら、あちこちの地方の腕の立つ職人を訪れては櫛《くし》、こうがい、簪《かんざし》などを買い求めてくるのだと言っていますが、どうやら地方にも何人か囲っているひとがいるようです。以前、いったい何人のお妾がいるのかと冗談交じりに訊ねたことがありましたが、自分のすることにいちいち口を出すなと怒られてしまいました」

酒がまわってきたのか、お牧の頬がほんのりと赤くなってきた。頬をおさえる左手の指にプラチナの指輪がはまっている。

喜三郎は凌雲閣で出会った樽貝金治郎の容貌と体躯《たいく》を思いだした。中肉中背だが、着物をきていても肩や腰のあたりの筋肉がたくましく思える体格だった。目鼻が大きく、顎《あご》が張っていて、精力絶倫という印象をあたえた。

「妾が何人いようが、俺はお前がいちばん可愛いと言って、金治郎はときどき先日のように外に連れだしてくれます」

お牧の美貌なら、それも当然だろうと喜三郎は思った。

すこし間があって、お牧は意を決するように言った。

「お寿美さんが亡くなって、もう話してもいいと思うので話してしまいますけど、喜三郎さんと所帯をもつ前、お寿美さんに結婚の話があったんですよ」

「えっ」

喜三郎は絶句し、口元まではこんでいた盃を卓のうえに置いた。

「やっぱりご存じなかったんですね」

「そんなことはお寿美から一度も聞かされたことはなかった」

そもそもお寿美はコロリ（コレラ）にかかってあっという間に他界してしまったので、新婚生活もごく短かったから、互いの過去などゆっくりと語る機会もなかった。

お寿美のほうでも、喜三郎によけいな思いをさせないよう気づかって口外しなかったのだろう。そう考えると、ますますお寿美の健気《けなげ》さが愛おしく思われた。

「相手のひとは、浅草東仲町《ひがしなかちょう》で梅新という会席料理屋を営業していた梅島新一郎《うめじましんいちろう》というひと。当時、四十近くでまだ独り身だったと思います。気さくで、思いやりのあるひとでした」

新一郎は同じ浅草の二十軒茶屋で働いていたお寿美が目に止まり、その客あしらいのよさに、将来は自分が経営している料理屋の女将に据《す》えようと考えていたらしい。

「お待ちどおさま」

話の途中で、小女が追加の酒をはこんできた。ふたりは話を中断した。小女が去ると、徳利を両手でもって、お牧が喜三郎の盃に酒をついだ。喜三郎もお牧の盃に酒をついだ。互いに喉を湿らしたあと、喜三郎はお牧に訊ねた。

「それで、その後、話はどうなりました？」

「新一郎の旦那が肺の病にかかって、数か月後に亡くなって、その話は立消《たちぎ》えになったそうです」

「そうですか」

そのあと、お寿美は喜三郎と出会い、結婚することを決意したということになる。

思えば、東仲町の会席料理屋の旦那の女房になっていれば、喜三郎と所帯をもつこともなく、裕福な生活をおくれたのかも知れない。

当時、定職にもつかず稼ぎの少なかった喜三郎といっしょになっても、お寿美は幸せにはなれなかっただろうと喜三郎は思った。まぶたの裏には、若かったお寿美の淋しそうな笑顔が浮かぶ。

（お寿美……）

喜三郎は言葉もなく、しばらく黙りこんでいた。

「あたし、やっぱりよけいなことを……」

喜三郎のようすを見て、お牧が申し訳なさそうな顔で謝った。

「いや、お牧さん、よく話してくださった。ありがとう」

お牧は肝心なところをわざと言わなかったが、お寿美と新一郎のあいだに男女関係があったのか、なかったのかについては言及《げんきゅう》しなかった。こちらからもあえて、そのことについては触れなかった。いまさらそれが分かったところで、お寿美も新一郎もこの世にいないのである。疑心にとらわれて、いままでのお寿美の綺麗な思い出を汚すこともあるまい、と喜三郎は思った。

しあげに、なにか温かいものを食べないかと喜三郎が訊くと、お牧はしっぽく蕎麦がいいと言うので、ふたり分を注文した。

「今日は、懐かしいひととゆっくりできて、楽しかった」

蕎麦をたいらげた喜三郎はお牧に言った。

「こちらこそ。喜三郎さん、お体に気をつけて」

お牧も別れのあいさつをして、立ちあがった。代金は、喜三郎が払った。

店を出たところで、お牧は人力俥をひろって帰っていった。

(今夜は思いがけない話を聞かされた……)

お牧を見送って帰ろうとした喜三郎の背後から、「おい」と呼びかける男がいた。唐桟《とうざん》で角帯をしめた男で、目尻がさがっているが眼光が鋭い。男は、「あの女には近寄るな」と言い残して立ち去った。

近寄るもなにも、お牧のほうから訪ねてきたのだから言いがかりもいいところだった。

(堅気《かたぎ》の者じゃないな……)

なにか不穏な動きがお牧の背後に隠されているような気がして、喜三郎の感傷的な気分は急速に冷えていった。

四

神田郵便支局の通用口を出ると、夕闇迫る大通りに一台の人力俥がとまっていた。

喜三郎は一瞬、お牧がまた会いに来たのかと思った。だが、俥のわきに見覚えのある辰という男が立っているのを見て、なかに乗っているのが清水熊《しみずくま》という掏摸の親分であると分かった。こちらに気がついたのか、辰が俥の幌《ほろ》をあげた。

『久しぶりだな。藤丸喜三郎さん」

五分《ごぶ》刈《が》りの男が声をかけてきた。

「なんのご用で」

「大きな声じゃ言えねえから、もすこし近くに寄ってくれねえか」

喜三郎は通りをわたって、人力俥のすぐそばまで歩いていった。

「ほかでもねえ。いま、国東の旦那は鵺の丙五郎という娘師《むすめし》を追っていなさるそうじゃねえか」

「あたしは、警察の捜査のことは知らない」

「てめえ、親分に向かって、口の利き方も知らねえのか！」

辰が横から恫喝《どうかつ》する。

「まあ、待て」と辰を制して、清水熊は喜三郎に言った。

「俺もこんな渡世で暮らしているから、いろいろと裏の社会のネタが耳にはいってくる。近ごろ、物騒な話を聞き込んでな」

黙りこんだままの喜三郎に頓着《とんちゃく》せず、清水熊は話をつづけた。

「鵺の丙五郎が近々、神田三河町《みかわちょう》の魚問屋・恵比須屋《えびすや》に押し入るというネタを聞きかじった」

喜三郎の表情が、一瞬変わった。

同じ犯罪者でも、掏摸には盗人よりも格が上だという誇りがある。暴力を使ってひとのものを奪うのではなく、磨かれた技術で他人様《ひとさま》のものをいただいているという矜持《きょうじ》である。だから、同じ裏社会に住むものどうしでも、反目《はんもく》や時には抗争が生じる場合があるのだ。

「あんたには以前、関西のチボの一件で迷惑をかけたが、その節、詫《わ》びと礼だけでなんのお返しもできなかったんでな、こんなネタをあんたから国東の旦那に伝えれば、あんたの株もすこしはあがるんじゃないかと思ってな、いちおう知らせておくことにした」

一方的に話し終えると、清水熊は俥夫に「やってくれ」と伝えて、去っていった。辰がそのあとを駆け足で追う。

喜三郎は、いま聞いた情報をどう処理しようかと思った。

まず、偽《にせ》情報かも知れないと思ったが、清水熊ほどの男が偽情報を伝えにわざわざ足をはこぶだろうかと考え直した。三年前の詫びと礼だと言ったのは、信じていいような気がした。

次に、この情報を国東警部に伝えるかどうかを考えた。喜三郎は一介《いっかい》の郵便集配人であって、官憲の密偵でも協力者でもない。犯罪情報を警察側に知らせなければならない義務も責任もない。国東警部のほうでは、一民間人である喜三郎を時として都合よく利用しているが、こちらから尻尾《しっぽ》をふって密告する必要はどこにもない。

（聞かなかったことにするか……）

喜三郎はそう思ったが、万一、清水熊の情報どおり三河町で土蔵破りが起きた場合、黙殺《もくさつ》した自分を許せるかと逡巡《しゅんじゅん》した。

警察はいま、血まなこになって鵺の丙五郎を追っている。有力な情報は喉《のど》から手が出るほどほしいはずだ。自分が情報を伝えなかったことで、犯罪が完遂《かんすい》されたとすれば、後悔するのは分かりきっている。

（なんで俺がこんなに悩まなけりゃいけねえんだ……）

さんざん迷った末、翌日、仕事を終えた喜三郎は、鍛冶橋《かじばし》の警視庁に足をはこび、国東警部に清水熊から得た情報を伝えた。

「おはん、そりゃ本当か！」

聞いた国東警部は雀躍《じゃくやく》した。

「ネタの出所は言えませんが」

「おはんのことじゃ、いい加減なことは言うとらんじゃろ。さっそく、恵比須屋周辺を張り込むことにする」

国東警部は勢い込んで部屋を出ていった。

その数日後の深更。師走《しわす》にはいったばかりだというのに、底冷えのする夜だった。

清水熊の情報どおり、鵺の丙五郎一味が恵比須屋の裏木戸の門《かんぬき》をやすやすと外すと、奥庭に侵入した。賊は一様に黒装束《くろしょうぞく》に身を固めているが、夜中とはいえそんな恰好で町なかを移動すれば、当然人目につく。だから押し入る直前になって着物を裏返し、黒布の仕事着に着がえたのである。

賊のひとりが土蔵の錠前を破ろうとしたとき、張り込んでいた刑事たちの龕灯《がんどう》の明かりが賊たちを照らした。統領は筋肉質の機敏な男で、ほかに手下が三人。

「凶賊ども、観念しろ！」

国東警部の大音声《だいおんじょう》が冷気を切り裂いて庭に響いた。

「くそっ、勘づかれていたか、ずらかれ！」

鵺の丙五郎は、手下に下知《げじ》したあと、手近にあった竹竿を使って塀のうえに飛び移り、そのまま闇のなかに姿を消した。

残された手下たちはがむしゃらに抵抗したが、ことごとく縄をかけられた。そのなかに、目尻のさがった眼光の鋭い男がいた。過日、お牧には近づくなと喜三郎に告げた男だ。

「鵺の丙五郎はどこに逃げた！」

国東警部は厳しく問い詰めた。

「親分の行く先なんぞ、俺たちは知らねえ、本当だ！」

鵺の丙五郎の逃走先をいくら聞かれても、手下たちは一様に知らないと答えた。

ただ、捕らえられた手下たちの供述により、鵺の丙五郎の本名が樽貝金治郎といい、日本橋伊勢町で鼈甲屋をいとなんでいるということが判明した。鼈甲屋という仕事がら、樽貝金治郎は櫛、こうがい、簪などの逸品《いっぴん》を買い求めると称しては地方に出かけ、盗みをはたらいていた。一般の旅宿に泊まれば足がつくおそれがあるので、あちこちに妾を囲っておいて盗人宿としていたという。手下たちは通常は鼈甲屋ではたらき、樽貝金治郎から裏の仕事の話があると、金治郎にしたがって犯行をおこなっていたのである。

鵺の丙五郎の用意周到なところは、たとえ高価な宝石や貴金属があってもけっして手を出さず、紙幣と金貨・銀貨を専門に奪いとったところだった。物品を盗めば処分して金に換えなければならないが、そのときに手がかりになるものを残す危険性が大いにある。娘師の仕事を長くつづけたければ絶対にモノには手を出すなと、鵺の丙五郎はつねづね手下たちにしつこいくらいに説《と》いていた。

夜明けとともに、捜査陣は下谷広小路に住む樽貝金治郎の正妻や、帝都のあちこちにいる妾らの家を虱潰《しらみつぶ》しに捜索した。すると、本郷春木町《はるきちょう》に住む妾のひとりが、樽貝金治郎はやっては来たが元気がなく、食事も喉をとおらず、急に高熱を発し、筋肉痛や関節痛がひどくなったと告げた。咳が止まらず脂汗《あぶらあせ》を流し、どうもようすが尋常でないと思った妾は人力俥を呼び、近くの医院に運びこんだと証言した。

警察がすぐにその医院に駆けつけると、寝台のうえに樽貝金治郎が横になっていたが、すでに死亡していた。

「流行性感冒《かんぼう》でした」

医者は厳粛に死亡原因を伝えた。流行性感冒、つまりインフルエンザである。インフルエンザは電光感冒ともいわれ、急激に症状があらわれる。

昨年から欧米諸国ではインフルエンザが猛威をふるっていたが、ウイルスは海をわたって、港町・神戸で発生した。その後、横浜まで侵入して、二十人もの居留外国人に感染した。日本人にも感染者が出ているところから、神奈川県は地方衛生会議をひらき、予防法を協議していた。

鵜の丙五郎こと樽貝金治郎は京浜間を何度も往復していたので、そのときに感染したのだろうと警察側は推測した。頑健な男でも感染症には敵《かな》わなかったということである。

「明治の日本左衛門」と異名《いみょう》をとった鵜の丙五郎は、インフルエンザで呆気《あっけ》なく死去した。生前の犯行についてあらためて調査するため、樽貝金治郎の正妻や妾たちにも事情聴取がおこなわれたが、一様に盗品売買にかかわっていたことを潔《いさぎよ》く白状した。

ところが妾のひとり、お牧という女だけは、あくまでも自分は知らなかったと言い張った。仕事がら、樽貝金治郎は旅をすることが多いので、一緒になってからはそういうものだと割り切っていたというのだ。

「あたしのほかにもお妾さんは何人もいましたから、家を留守にすることも多かったですし」

しれっとお牧は答えていた。

はたしてお牧が亭主の素姓《すじょう》を知っていたのか知らなかったのか、証拠がないのではっきりしない。

結局、お牧は証拠不十分ということで放免された。

五

　翌年の七月のこと。

　仕事を終えた藤丸喜三郎が更衣室で私服に着がえていると、同僚の田中と鈴木の会話が聞こえてきた。

「知ってるかい、十二階の目玉だったエレベーターが故障が多いってんで、とうとう警視庁から運転禁止の命令が出されたってこと」

「いや、知らなかった。で、エレベーターが使えなけりゃ、どうやって上まで昇るんだ？」

「そこは商魂《しょうこん》たくましい経営者だ。転んでもただじゃ起きねえ。今月になって、四階から七階の階段にそって縦横二尺（約六十一センチ）余りの、額縁《がくぶち》入りの美人百人の写真を展示して、だれがいちばん美しいかという投票をさせるという企画をもよおした。選出されたのは東京で一流と呼ばれている新橋、柳橋、日本橋などの芸妓百人。題して『百美人』」

「美人が百人、一度に見られるってわけか。思わず身震いがしてくるね」

「写真撮影は現在、京橋で写真館をいとなんでいる小川一真《おがわいっしん》。小川は、この撮影のためにわざわざ店を休業したという。芸妓たちは皆、右に葭戸《よしど》、左に柱掛けを配置し、手には凌雲閣の団扇《うちわ》をもち、同じ条件で撮影して審査の公平さを期《き》した」

「美人の写真を見ながら階段を上り下りするなら、客も苦にはならないだろう」

「そのとおり。経営者の目論見《もくろみ》は見事に功を奏して、投票の数もうなぎ登りだという。上位五人を表彰する予定だそうだが、下馬評《げばひょう》では新橋芸者が優勢で、いまのところ十七歳のあづまという芸妓が優勝候補といわれている」

「体がぞくぞくしてきたぜ」

「大丈夫か。夏風邪じゃねえのか」

「馬鹿言ってんじゃねえよ。とにかく俺も、近いうちに行ってみるよ」

ふたりのたわいない会話を聞いていた喜三郎は、昨年の十一月に凌雲閣でお牧と再会したことを思いだした。

(あのあと蕎麦屋で話をして別れたが、あれからどうしているだろう……)

いくらか感傷的な気分になった喜三郎は、今度の休みに浅草に出かけてみようと思った。

「それじゃ、お先に」

世間話に余念のない田中と鈴木に声をかけると、喜三郎は神田郵便支局の通用口から表に出ていった。

日曜日の午前、喜三郎は前回同様、入口で切符を買うと凌雲閣のなかにはいり、百美人の写真が展示してある四階まで階段を昇っていった。美人の写真をひと目見ようと多くの人が押し寄せ、なかなか上の階にすすめなかった。

汗だくになってようやく六階までたどり着くと、二、三人の男たちが写真を見て騒いでいた。

(それほどの美人なのか……)

喜三郎も興味をいだいて、ひとの間から写真を見た。名札《なふだ》に「きみ乃」と書かれている。だが、その顔を見た喜三郎は絶句した。

(お牧さん……)

「この芸妓、俺は知ってる!」

「ひょっとして、十年ほど前に向島《むこうじま》に出ていた小よしじゃねえのか!」

見ていた男たちは口々に叫んだ。

「どういう経緯で向島の芸妓だった小よしが柳橋のきみ乃になったんだよ」

「小よしは金持ちの男に身請《みう》けされて妾になったはずだぜ」

「旦那が病死でもして、稼《かせ》がずにはいられなくなったんじゃねえか」

「いやいや、根っからの芸妓で、もとの水が恋しくなったんだろうよ」

もとの世界にもどってきた芸妓の心境をまことしやかに噂しあう、かつての馴染み客たちもいた。たしかに三十近いはずなのに、写真を見るかぎり、お牧の妖艶《ようえん》な魅力は若いころと比べてもすこしも衰えていなかった。

(お牧さんになにがあったのか……)

人波に押されながら、喜三郎は心のなかで呟いた。

百美人の企画には最終的に四万八千もの投票があり、予想どおり、十七歳のあづまが優勝した。さらに二位、三位、四位と新橋芸者が入賞し、芸妓の町・新橋の面目をほどこした。五位にはいったのは、二十八歳の小つるという年増《としま》の柳橋芸者だったが、きみ乃はその小つるよりさらに年上の二十九歳ということで、のちのちまで人びとの噂となった。

百美人で上位入賞した芸妓に対しては、艶福家《えんぷくか》を自任する政治家や官吏、裕福な商人らが妻に迎えたいとか、妾に囲いたいとか申し入れが殺到したが、このきみ乃がその後どうなったのかについては不明である。

そののち凌雲閣は、大正十二年九月一日の関東大震災で八階から上が倒壊し、残り部分も傾いたため陸軍工兵隊が爆破解体した。


（了）

あとがき

※　小説のストーリーに関わる部分があるので、本編を先にお読みください。

前作『郵便集配人は二度銃を撃つ』刊行後、何人もの読者から、シリーズ化を求める声があった。予想外の反響で、驚くと同時に嬉しかった。じつは作者としては、一冊で完結したつもりでいたので二冊目を執筆する予定はなかった。

しかし、続編を期待されるというのは小説家冥利《みょうり》に尽きるのではないかと、持ち前のお調子気質が頭をもたげ、シリーズ2を書いてみようかと思い立った。一冊目は時間にして二、三年間の物語。駆け足でとおりすぎたので、その間隙《かんげき》に落《お》ち穂《ぼ》のように取り残してきた事件がなかったかと調べてみると、どうやら四件ほど拾うことができた。

前回同様、その歴史的事件（史実）をベースに、実在の人物と架空の人物とが入り交じり、ストーリーが展開できるという見通しが立つと、私はさっそく資料を読みあさり、物語の地盤固めをした。

今回、自分でも驚いたのは、全四話を同時に書き進められたことだった。第一話から順に、あるいは書きやすい物語から順に、というのがこれまでの私の執筆方法だったのだが、今回はまるで流行作家のように一度に四話を書き下ろす結果となった。こちらを書けば、あちらを書くという具合に書きすすめ、最後に第一話から第四話を読み通して修整をくわえるという次第だった。

ストーリーが混乱することもなく、全四話が完成したとき、充実感を覚えたものである。これも主人公のキャラクターの牽引力《けんいんりょく》かも知れない。しかしながら、前作のオビに書いたとおり、主人公・藤丸喜三郎はあくまでも狂言回しで、このシリーズの主役は明治という時代の光と闇である。その光と闇を読者の眼前に提出するのが喜三郎の役割である。どうか喜三郎とともに、明治という時代の光と闇を存分に味わっていただきたいと思う。

なお、本シリーズの時系列は次のようになっている（太字は第二巻所収）。

①郵便集配人は二度銃を撃つ　明治十八年　一巻
②虎は死して子を残し、巡査は死して名を残す　明治十九年　一巻
③書生と毒婦と娘義太夫と　明治十九年　一巻
④掏摸がとおれば刑事がひっこむ　明治二十年　二巻
⑤女医第一号の生活と意見　明治二十一年　二巻
⑥大日本帝国憲法発布と人身売買　明治二十二年　一巻
⑦牛にひかれて犯人捜し　明治二十二年　二巻
⑧それは十二階からはじまった　明治二十三年　二巻

さて、今回も参考資料の紹介をかねて、自作解説をしたい。その前にひと言。

自作解説をかねた長いあとがきを書く小説家としては内田康夫《うちだやすお》、夢枕獏《ゆめまくらばく》の両氏が有名だが、このひ

とたちのあとがきは作品の一部としてとらえることもでき、愛読者のなかにはそれを楽しみに本を購入するひともいるのではないだろうか。

自作解説については、「作者は作品で勝負すればいいのであって、あとがきで弁解がましくダラダラと書きしるすのは如何なものか」といった批判もあることは十分承知している。ただ現在、洪水のように毎日出版物が発行されるなかで、はたして自分の著書が何人の目に止まるかという不安や心配もある。発行したのはいいが、ほとんどひとの目に触れることもなく絶版になっていく書籍も多いのが現実だ。

開きなおって言えば、「自分の作品のことは自分がいちばんよく知っている」のである。それならいっそ、自らが販売員となって著書のPRを買って出てもいいのではないかと思うのである。というのも、これまで数々のベストセラーを出している大流行作家・五木寛之《いつきひろゆき》がこんなことを書いているからだ。

〈自己宣伝は恥ずかしい、などというのは甘えである。だれか心ある読者が、どこかで取りあげて紹介してくれるんじゃないか、などとキョロキョロしてるぐらいなら、本屋の店頭でメガホン持って大声で読者に呼びかけたほうがいい。(略)自分自身のために書く、という行き方もたしかにあるだろう。しかし、私はそうではない。自分の考えたこと、感じたことを道ゆく他人に押し付けようとして書いている〉(二〇一二年十二月十三日「日刊ゲンダイ」流されゆく日々・法螺を吹くということ①)

このあと五木は、初期仏教では、法螺貝《ほらがい》を吹いて多くのひとを集め、自分の信念を堂々と語りかけたという話を展開する。私もまったく五木と同意見だ。たとえ偏った意見、つまらぬことでも、〈自分の考えたこと、感じたこと〉を多くのひとに知ってほしいと思って書いている。それは美術でも音楽でも漫画でも、表現するということに共通していることだと思う。

閑話休題《それはさておき》。それでは、ほんとうに自作解説へ。

第一話「掏摸《すり》がとおれば刑事がひっこむ」

明治二十年に虎《とら》ノ門《もん》で活人画が開催されたのは事実。伊藤博文《いとうひろぶみ》や森有礼《もりありのり》ら政府の要人が見物にきたと当時の新聞記事に出ている。人気を博した活人画だったが、明治後期に活動写真、すなわち映画が登場すると、いっぺんに廃《すた》れてしまったという。役者が微動だにしない活人画より、自由自在に動きまわる映画のほうがおもしろいのは当然である。

国東警部が会いに行った巾着豊《きんちゃくとよ》こと小西豊吉と、清水熊《しみずくま》こと清水文蔵は実在した掏摸の二大親分。清水熊には妾の和泉《いずみ》しんという女がいて、このふたりの間にくにという娘が生まれる。

一方、紙くず問屋でもあり湯屋を経営していた富田金太郎の長男で銀蔵という男がいて、和服の仕立て人をしていたのだが、弟子のひとりと恋仲になり、この弟子が内妻として入谷《いりや》で暮らしはじめる。明治二十五年、銀蔵が二十六歳のときだ。

ところがこの弟子が掏摸の清水熊の妾の娘のくにであったことから、銀蔵も掏摸稼業に手を染めることになる。仕立て屋よりも水に合ったのか、清水熊の子分たちから人望をあつめ、才覚があったのか、銀蔵はめきめきと頭角《とうかく》をあらわし、清水熊の死後、跡目《あとめ》を継いで掏摸の親分となった。もと仕立て屋であったことから、「仕立屋銀次」と恐れられ、全盛期には二百五十人以上の手下を擁《よう》する。

その辺の事情については、本田一郎《ほんだいちろう》の評伝風の読み物『仕立屋銀次』、直木賞作家で落語ファンだった結城昌治《ゆうきしょうじ》の小説『仕立屋銀次隠し台帳』、満坂太郎《みつさかたろう》の小説『真説　仕立屋銀次』に詳しい。浅田次郎《あさだじろう》のベストセラー「天切り松　闇がたり」シリーズにも仕立屋銀次が登場する。そのほか、仕立屋銀次は映画、舞台にも多く取り上げられている。

作中にもある警察と掏摸の癒着《ゆちゃく》。通常ありえない事件だが、江戸・明治のころには「公然の秘密」だったようだ。ひょっとして、令和のいまも？

第一話の最後に、〈上迫刑事が不満に思っていた警察と掏摸の腐れ縁が解消するのは、まだまだ先のことになる〉という記述があるので、その〈先のこと〉について触れておきたい。

明治四十二年六月二十二日、元新潟県知事・柏田盛文《かしわだもりふみ》が赤坂警察署の本堂平四郎《ほんどうへいしろう》署長を訪ね、「市電のなかで伊藤博文《いとうひろぶみ》公から贈られた金の懐中時計をすられた。掏摸の親分にたのめば返してくれると聞いたので、ぜひ取り返してくれ」と言って百円を差しだした。着任以来、目に余る掏摸集団の跳梁跋扈《ちょうりょうばっこ》に業《ごう》を煮やしていた本堂署長は、好機到来とばかりに捜査に乗りだしたが、犯人も時計も出てこない。仕立屋銀次と、銀次と拮抗《きっこう》していた十歳上の湯島《ゆしま》の吉《きち》を召喚したのだが、銀次のほうは無視して突っぱねた。じつは時計をすったのは湯島の吉の子分だったのだが、二十三日の夕方、本堂署長は部下を引き連れ、銀次宅に踏みこんで逮捕。いままで警察が見逃していた掏摸の大親分が捕まったというので、東京じゅうの掏摸仲間に激震《げきしん》が走った。このあと、掏摸の検挙は全国に及ぶことになり、ようやく警察と掏摸の腐れ縁が断たれることになったのである。

翌明治四十三年五月二十七日、銀次は贓物故買《ぞうぶつこばい》と贓物収受の罪で懲役十年および罰金二百円の刑に処せられた。湯島の吉は懲役十三年、罰金三百円。どちらも相当に刑が重い。大正七年、銀次は仮出獄をゆるされた。このとき五十三歳。ところが翌年、置き引き師の事件に関与し、また逮捕。翌九年四月、懲役八年、罰金二百円の刑をうける。

さらに昭和五年三月二十三日、新宿三越《みつこし》分店で七十円の反物《たんもの》を万引きした六十七歳の富田銀次郎という老人が仕立屋銀次であったという記事が、二日後の二十五日の都新聞に掲載されたが、これが銀次の消息《しょうそく》の最後らしい。

結城昌治は『仕立屋銀次隠し台帳』の「あとがきに代えて」で、この人物がほんとうに銀次だったのかどうかと疑問を投げかけている。〈銀次なら満で六十四歳、数えでも六十五歳のはずだが、名前も少しちがうし、私は銀次だと思いたくない気持が強い〉と結んでいる。落ちぶれたヒーローは、だれでも認めたくないものである。

第二話「女医第一号の生活と意見」

作中、郵便ポストへの悪戯《いたずら》を目撃した少年として条野健一《じょうのけんいち》とその母親が登場する。健一はのちの日本画家・鏑木清方《かぶらききよかた》であると作中でも紹介しているが、清方の「母」という随筆を読むと、この画家と母親との深いつながりが見えて興味深い。

〈母に別れてから足掛け十三年の月日が流れたこの頃になって、年ごとに私の心に宿る母の姿の、いよいよ鮮やかに蘇《よみが》えってくるのを切に知るようになった。というのは、自分の気質とか、ものの好み、趣味、生活、それらの凡《す》べてに母の息のかかっていないものは、一つもないといっていいことがだんだん解《わか》って来たからだ〉と清方は母恋いの思いを吐露している。

〈芸事が好き、芸人が好き、派手なことが好きで、淋しいことが嫌いだった〉母。〈私は母を通じて生《き》っ粋《すい》の江戸の女の気稟《きっぷ》を体得することが出来たと思っている〉し、母を亡くしたいまは、〈母の遺伝をむしろ悦んで受けもし、母に感謝さえしている〉が、若い時分には逆らってずいぶん衝突もしたらしい。

〈母は私に厳しい家訓《かくん》を垂《た》るるでもなく、世の常の賢母の躾《しつけ》など何一つしたことはなかったが、よく、お前さんのようにしゃッちこばッていては付きあい人《て》がなくなるよ、と若い時分とかく捌《さば》けなかった私を戒《いまし》めた〉という。

絵心もなく、文学に関心もなかった母だが、その生活ぶりや趣味が子の自分に伝わって芸術の実がなったのだと清方は書いている。

二〇二二年、東京竹橋《たけばし》の国立近代美術館で鏑木清方展が開催された。ポスターにも図録にも、この画家の傑作「築地明石町《つきじあかしちょう》」が採用されていた。束髪《そくはつ》の美人。そのルーツは、やはり母親の婦美《ふみ》にあるのだと思う。

些細《ささい》なことだが、作中で名だけ登場する清方の親友「麻生《あそう》」は実在する。年譜を見ると、清方は第二話の舞台となっている一年後の明治二十二年、十一歳のときに私立鈴木小学校を中退し、神田錦町《にしきちょう》二丁目にあった私立東京英語学校に入学している。清方の自叙伝『こしかたの記』によれば、卒業を前にしてなぜ鈴木小学校を中退したのかというと、ふたつの理由があったのだという。ひとつは、親友の麻生が中退して「神田の学校」へ行ったこと。もうひとつは、面倒を見てくれたふたりの教師が次々に辞めたこと。

「神田の学校」がはたして私立東京英語学校だったのかどうか、私には分からないが、清方が麻生の後を追って同じ英語学校に入学したと考えるのが妥当だと思い、そのように設定した。
もうひとり、青物問屋の三河屋周吉《みかわやしゅうきち》こと藤浦《ふじうら》周吉の息子・富太郎《とみたろう》も実在した。七歳下のこの富太郎と清方は幼なじみで、三河屋の家で寝泊まりしながら学校に行くなど、家族ぐるみのつきあいをしていたということが、鏑木清方記念美術館学芸員・今西彩子の「清方を巡る人々、出会いと制作」（上掲の鏑木清方展パンフレット所収）に紹介されている。

本作には鏑木清方と同様、ちょい役として田中正造《たなかしょうぞう》が登場するが、私はこの人物についてはずいぶん前から関心がある。何十年も前に足尾銅山（日光市足尾町、いまは銅山観光となっている）を訪れてから、最近ではNPO法人足尾鉱毒事件田中正造記念館（館林市）、佐野市郷土博物館（佐野市）、栃木県立博物館（宇都宮市）、古河文学館（古河市）などに出かけては展示物を見たり、資料を購入したりしてきた。ちなみに、二〇二三年は田中正造の没後百十年にあたる。

いつも胸が締めつけられるのは、正造の臨終《りんじゅう》の枕元に残されたのが、菅笠《すげがさ》ひとつとずだ袋ひとつだったということ。袋のなかには、日記三冊と、書きかけの川の調査の原稿、憲法と聖書、それに渡良瀬《わたらせ》川《がわ》の石ころが三つはいっていたという。

田中正造が登場する小説に、小林久三《こばやしきゅうぞう》の江戸川乱歩賞受賞作『暗黒告知《あんこくこくち》』がある。密室殺人、密偵の暗躍、そして指紋捜査と次々に謎が提出される。足尾鉱毒事件を背景にしたミステリーだが、正造が生きていた時代の雰囲気がよく分かる。

第二話の末尾に、田中正造の直訴《じきそ》に衝撃をうけた若き日の石川啄木《いしかわたくぼく》と志賀直哉《しがなおや》のエピソードが出てくる。直哉と父・直温《なおはる》の確執《かくしつ》は文学史上よく知られた話だが、それがやがて『和解』や『暗夜行路《あんやこうろ》』

などの作品につながっていく。その父子の不和の端緒《たんしょ》となったのが、祖父・直道《なおみち》が古河市兵衛《ふるかわいちべえ》と共同経営していた足尾銅山から渡良瀬川流域に鉱毒が流出して社会問題になった事件だった。

志賀三左衛門直道は若いころ、篤農家《とくのうか》・二宮尊徳《にのみやそんとく》（金次郎）の弟子であったが、旧相馬《そうま》藩の家令《かれい》（皇族や華族の家の事務や会計を管理する人）として藩の財政立て直しのため、かつて古河に勧めて足尾銅山の開発に着手したのだった。だが鉱毒問題が表面化すると、当時、キリスト教の代表的指導者であり足尾銅山鉱毒反対運動をおこなっていた内村鑑三《うちむらかんぞう》に心酔《しんすい》していた孫の直哉は、罪もない人びとが鉱毒被害に苦しんでいるという理不尽はけっして許されるべきものではないと考えるに到った。直哉はぜひとも被害地を視察したいと思ったのだが、父の直温はそれを認めれば祖父の旧悪を糾弾《きゅうだん》することになりかねないということから、押し止めたのである。その父子の激論を、直道は柱に背をもたせて黙って聞いていたという。この足尾銅山鉱毒事件が問題になっている時期にかさなって起こったのが、相馬事件である。

奥州の旧相馬藩主・相馬誠胤《そうまともたね》は十四歳で家督《かとく》を相続したが、二十四歳のころから精神変調のきざしを見せ、居室に監禁されてしまった。旧家臣の錦織剛清《にしごりたけきよ》はこれを家令の志賀直道らが主家を乗っ取るための陰謀だと指弾《しだん》した。錦織は直道らを不当監禁の罪で告発し、これをきっかけに相馬藩のお家騒動がはじまった。その後、後藤新平《ごとうしんぺい》、星亨《ほしとおる》、黒岩涙香《くろいわるいこう》ら論客もからんで裁判沙汰となり、もつれにもつれた大事件に発展する。結局、直道は冤罪《えんざい》をこうむり、拘留されることになる。

山田風太郎《やまだふうたろう》『明治忠臣蔵《めいじちゅうしんぐら》』が、その相馬事件をあつかっている。山田は、事件当初、忠臣と讃えられていた錦織がじつは虚偽の人物だったという解釈を示している。作中、判事や私服の探偵が直道の家宅捜索をおこなう場面がある。判事が直道の十一歳になる孫の名を訊ねると、孫は怒りの目を相手に向けて「ナオヤ。……志賀直哉」と答える。印象的な場面である。また、『幻燈辻馬車《げんとうつじばしや》』の第九話「刑法第百二十六条」には、直道の妻に抱かれて、生まれたばかりの孫の直哉が登場する。山田風太郎は、志賀直哉がお気に入りだったのかも知れない。

以下、余談だが、第二話の末尾で志賀直哉の『或《あ》る男、其《その》姉の死』という小説が紹介されている。私はこの作品を岩波書店版・志賀直哉全集の第二巻で読んだ。直哉の祖父・直道の足尾銅山（作中では「A銅山」）経営と、その後の鉱毒事件問題については「十」と「十一」の章で述べられている。現在、この作品は文庫などで手軽に読めなくなっているが、かつて岩波文庫では『和解』といっしょに収録されていたようだ。この編集方針は当《とう》を得ていて、『和解』と『或る男、其姉の死』は源流を同じくするふたつの支流なのである。

直哉は自作解説で、〈『和解』は捕《と》りたての生魚《なまうお》。『或る男、其姉の死』は同じ魚《さかな》の干物《ひもの》だ〉と書いている。〈それにしても『和解』を書いた私としてどうしても、これ（＝『或る男、其姉の死』…引用者注）は書かねばならぬものだったから、割《わ》りのいい悪いは実は問題でなかった〉とも。『或る男、其姉の死』は〈陰気臭く、愉快な作品でないから〉〈愛着を持たないが〉、〈好きでなくとも、此《この》作品は私には矢張《やは》りなくてはならぬ物だと云う意味で認めている〉と吐露している（引用文のカギ括弧、旧仮名遣いは引用者が直した）。

つまり、『和解』を陽とするなら、『或る男、其姉の死』は陰。同じ素材をあつかっていながら、一方は完成度の高さで傑作と称され、一方は〈陰気臭く、愉快な作品でないから〉文庫の収録からもはずされるという不運な境遇に追いやられている。だが直哉としては、『或る男、其姉の死』は〈書かねばならぬものだった〉のである。

『和解』は文字どおり、父と息子の和解をテーマとしているが、その前段階の不和を描いた『或る男、其姉の死』の存在がないがしろにされているということに今回あらためて気づかされた。二作品（と志賀直哉の自作解説）を収録した一冊の本が出版されれば、足尾銅山鉱毒事件に関心をもつ読者も増え、この事件に対する理解も深まるのではないかと思う次第である。

そして、女医第一号の荻野吟子《おぎのぎんこ》。このひとについても、同じ埼玉県人として関心があった。埼玉では、塙保己一《はなわほきいち》、渋沢栄一《しぶさわえいいち》とともに「三大偉人」といわれているらしいが、偉人というにはあまりにも人間臭い女性だと思う。

小説に書けなかったその後の吟子の人生は次のとおり。明治三十年、北海道瀬棚《せたな》で医院を開業。淑徳《しゅくとく》婦人会を結成し、病気や怪我、災害時の対処法を教えた。夫である志方之善《しかたゆきよし》の姉の娘のトミを養女に迎える。同三十八年、志方が肺炎を悪化させて病死。享年四十二。同四十一年、北海道を引き上げ、東京本所区新小梅町《しんこうめちょう》に医院を開業。姉の友子、養女のトミと穏やかに暮らす。同四十二年、志方姓から荻野姓に復籍。大正二年、三月に肋膜炎《ろくまくえん》、五月に脳卒中で倒れ、六月二十三日に死去。本郷教会で葬儀がおこなわれ、東京の雑司ケ谷《ぞうしがや》霊園に埋葬。

過日、熊谷市俵瀬《たわらせ》にある荻野吟子記念館に行ってきた。熊谷駅から葛和田《くずわだ》行きのバスに乗って二十五分、俵瀬入口で下車して徒歩十五分。いまでもあまり交通の便がよくないのに、明治のころは東京に出るのにどれほど苦労したか、と思った。

土手の下には広い河川敷があり、その向こうにゆったりと利根川《とねがわ》が流れている。いまでも黄色い旗を揚げると、渡船が無料で向こう岸に運んでくれるという。記念館は、生家の長屋門を模《も》した木造平屋建ての和風建築。展示室には資料や年表があり、吟子の生涯を詳しく説明していた。

荻野吟子を主人公にした小説といえば、渡辺淳一《わたなべじゅんいち》の『花埋み《はなうず》』があまりにも有名。この作品を読むまで、私は渡辺をただのエロ作家として遠ざけていたが、今回『花埋み』を読んでみて見直した。人物造型、心理描写、物語構成と、やはりプロの作家であると感嘆した。

田中ひかる『明治を生きた男装の女医―高橋瑞《たかはしみず》物語』にも荻野吟子が登場する。吟子は公許女医第一号としてあまりにも有名だが、ふたりめに生澤久野《いくさわくの》、三人目に高橋瑞とつづく。瑞は吟子よりもひとつ年下。『明治を生きた男装の女医―高橋瑞物語』を読むと、こんな一節があった。

〈時代は下り、昭和の戦後、久野の請願書は荻野吟子を主人公とした小説のなかで、吟子が書いたものとして紹介される。その小説は、「青少年読書感想文全国コンクール」高等学校の部の課題図書にも指定され、多くの人たちに読まれ、版を重ね続けた。吟子の人生はよりドラマティックに彩られ、久野の存在は忘れ去られた〉

引用文中、「請願書」というのは、生澤久野が当時の埼玉県令・吉田清英《よしだきよひで》に宛てた、医師開業試験を女性も受けさせてくれという趣旨の請願書である。田中はその請願書（口語訳）を、「日本女医史」から引用している。くり返すが、生澤久野は、荻野吟子についで日本で二番目に女医となったひとである。

この田中の指摘を見て、新潮文庫版『花埋み』を開いてみると、二百二十八ページと二百二十九ページに「願書」が引用されていて、その人物の名が「荻野吟子」となっている。田中が指摘したとおりである。

嘘を書いて生業《なりわい》としている小説家の文章と、大学院で博士号を取得して、女性に関するテーマを中心に執筆活動をしている研究者の文章と、どちらに信頼性があるかは明白だが、ではなぜ渡辺淳一がこんな初歩的なミス（？）を犯したのか、ということだ。

美人で頭がよくて、医者で女性の権利獲得に邁進《まいしん》した女性と聞けば、それだけで小説のヒロインのモデルとしては申し分ない。しかも三十四歳で医院を開業するまでの半生がまさに波瀾万丈《はらんばんじょう》で、小説家の創作意欲を掻き立てるには十分な材料だ。田中が指摘するように、渡辺は〈吟子の人生はよりドラマティックに彩られ〉るほうがおもしろくなる、と考えて久野の願書を吟子のそれと（あえて）差し替えて引用したのかもしれない。だが当の渡辺がもはや生存していないので、真実は分からない。

田中はこうも書いている。〈医者となったあと婦人団体の幹部となり社会活動にも関わった荻野吟子や、女性初のドイツ留学生となった高橋瑞と比べると、たしかに久野は目立たない。しかし、二二歳で医者になって以来、六八歳まで地域医療に尽くした久野は、誰よりも医者らしく生きたといえる〉

吟子と瑞に〈挟まった〉女医三号の久野は、郷里の埼玉で地域医療に貢献した。医者としての活動年数は、吟子よりはるかに長い。一九四五年に久野が八十一歳で死去したとき、医者を廃業してから十三年も経つのに、もと患者たちが大勢弔問《ちょうもん》に訪れたそうだ。

この「郵便集配人・喜三郎」シリーズは、明治という時代の光と闇を描くことをテーマとしているが、吟子という光と、その光に隠され、闇に追いやられそうになっていた久野という存在のことを思い合わせてみると、いかに歴史というものが恣意的《しいてき》なものであるかということを思い知らされるのである。

ちなみに、二〇一三年三月に発行された「熊谷市史　調査報告書　荻野吟子―その歩みと出会い―」（熊谷市教育委員会編集）によると、吟子が結婚したのは満十四、五歳のころだという研究発表があった。従来、十七、十八歳で嫁いだとされていたので、ずいぶん若かったことになる。

渡辺淳一の『花埋み』に関して、もうひとつ。『花埋み』にはさらっと書き流されている個所に、吟子が上京して国学者・井上頼圀《いのうえよりくに》に弟子入りするエピソードがある。『伝記を読もう7・荻野吟子』によれば、このときいっしょに上京したのが奥原晴湖《おくはらせいこ》であったという。晴湖については、一冊の本になるくらいの面白い逸話がたくさんある。

野口武彦《のぐちたけひこ》『開化奇譚集《かいかきたんしゅう》　明治伏魔殿《めいじふくまでん》』の「陰刻銅版画師」に、晴湖のユニークな人柄が紹介されている。奥原晴湖は天保八年（一八三七年）生まれ。古河《こが》藩主の土井《どい》家につかえる大番頭の池田家に生まれたが、親戚の奥原家の養女になり、江戸に出て上野に住む。南画をよくし、木戸孝允《きどたかよし》や山内容堂《やまうちようどう》の庇護《ひご》のもと、明治五年に家塾をひらき、三百人もの門人を抱えた。明治四年に散髪脱刀令が発布されたが、それを機に晴湖はザンギリ頭にしてしまう。外見は、眉が太く、唇が厚く、鼻はいかつく、手首がたくましい、でっぷりした体躯《たいく》。男に引けを取らぬ酒豪で、性欲も旺盛。内弟子を呼んでは夜の営みを執拗《しつよう》に求めつづけたという。

ちなみに、茨城県の古河市立博物館には奥原晴湖の書画が何点も展示され、その力量がうかがわれる。近くには、明治二十四年に熊谷に建設された奥原晴湖の画室・繡水草堂《しゅうすいそうどう》が移築・復元されている。

閑話休題《それはさておき》。

正造と吟子を出会わせたのは、作家の創作。どちらも私が尊敬する人物であるということは別にしても、このふたりにはいくつもの共通点がある。

まず、地方の名家の生まれ。正造は下野国《しもつけのくに》安蘇《あそ》郡小中《こなか》村（現・栃木県佐野市小中町）の名主の家に生まれ、吟子は武蔵国《むさしのくに》幡羅《はたら》郡俵瀬村（現・埼玉県熊谷市俵瀬）のやはり名主の家に生まれた。

そして、河川の近くで生まれ育ったこと。正造は渡良瀬川、吟子は利根川。治水政策が不十分だった昔のことゆえ、ふたつの川は当時、よく氾濫《はんらん》した。災害のあとには、苛酷な復旧作業も待っている。自然の暴威に対する忍耐や辛抱を体で知っている。水害の恐ろしさを肌で感じていると同時に、河川がもたらす恩恵も知っている。要は、一面的に物事を見ていないということ。

三つ目に、肉体的かつ精神的な苦痛、屈辱をうけていること。吟子は十代にして夫から淋病をうつされ、男中心の医学界から筆舌につくしがたい差別と侮辱を受けてきた。正造は、筆頭用人の暴政を弾劾《だんがい》した六角《ろっかく》家騒動の際、六角家の牢獄に押し込められた。その牢獄は、半間（約九十センチ）四方ほどの狭さで手足を伸ばすこともできない。毒殺されるおそれもあるので、食事には手をつけず、仲間の差入れの鰹節《かつおぶし》をかじって飢えをしのいだという。こうして半年以上も耐え忍んだ末、ようやく放免された。

四つ目は、聖書に親しんでいたということ。正造はつねにずだ袋のなかに聖書をいれ、吟子は三十五歳でキリスト教の洗礼を受けている

五つ目は、それと関連があるのか、決して長くはない自分の一生を他人のために費やしたこと。他

者のことを思いやる優しい心をもちつづけ、体制にあらがう少数派の意見を代弁する人物だった。吟子の座右《ざゆう》の銘《めい》は〈人その友の為に、己《おのれ》の命をすつる、之《これ》より大いなる愛はなし〉というヨハネ伝十五章十三節の言葉。正造のモットーは、〈真の文明は山を荒らさず、川を荒らさず、村を破らず、人を殺さざるべし〉だった。

正造も吟子も、目標に向かって邁進《まいしん》する超人的なエネルギーの所有者だった。普通人なら、困難があるとそこでダメージをうけて挫折《ざせつ》するのだが、そこから先の人生がどちらもエネルギッシュである。今回、正造と吟子に関する資料を読み、あらためて崇高《すうこう》な人間というものがこの世に存在するのだということを実感した次第である。

第三話「牛にひかれて犯人捜し」

芥川龍之介の自伝的作品『大道寺信輔《だいどうじしんすけ》の半生《はんせい》』のなかに「牛乳」という項があり、牛乳に対する芥川の複雑な心境がつづられている。

〈信輔は全然母の乳を吸ったことのない少年だった。元来体の弱かった母は一粒種《ひとつぶだね》の彼を産んだ後さえ、一滴の乳も与えなかった。のみならず乳母《うば》を養うことも貧しい彼の家の生計には出来ない相談の一つだった。彼はその為に産まれ落ちた時から牛乳を飲んで育って来た。それは当時の信輔には憎まずにはいられぬ運命だった。彼は毎朝台所へ来る牛乳の壜《びん》を軽蔑した。又何を知らぬにもせよ、母の乳だけは知っている彼の友だちを羨望《せんぼう》した〉

母乳でなく、牛乳で育ったことへの憎悪。そして母乳で育てられた友人への羨望。このこだわりはいったいなんだろうか。

〈信輔は壜詰めの牛乳の外《ほか》に母の乳を知らぬことを恥じた。これは彼の秘密だった。誰にも決して知らせることの出来ぬ彼の一生の秘密だった。この秘密は又当時の彼には或《ある》迷信をも伴っていた。彼はただ頭ばかり大きい、無気味なほど痩せた少年だった。のみならずはにかみ易い上にも、磨《と》ぎ澄《す》ました肉屋の庖丁にさえ動悸の高まる少年だった。その点は——殊にその点は伏見鳥羽《ふしみとば》の役《えき》に銃火をくぐった、日頃胆勇《たんゆう》自慢の父とは似ても似つかぬのに違いなかった。彼は一体何歳からか、又どう言う論理からか、この父に似つかぬことを牛乳の為と確信していた。いや、体の弱いことをも牛乳の為と確信していた〉

長い引用になったが、芥川の牛乳に対する尋常でない思いが伝わる文章であると同時に、牛乳を介して父親となじめない心理を自己分析している文章である。ただ、それははなはだ個人的、感情的なもので、読者にはなにがいいたいのか、さっぱり分からない。現に、このあと芥川はローマの建国者・ロミュルスに乳を与えたのは狼であるということを知って、〈いや、牛乳に育ったことは寧ろ彼の誇りになった〉と書いている。

『大道寺信輔の半生』が発表されたのが大正十四年一月。長男で役者の芥川比呂志《ひろし》が大岡昇平《おおおかしょうへい》との対談のなかで、〈ただ母から聞いた話では、神経衰弱症状というのは、昭和二年よりも前の年の方がひどかったということです〉と言っているから、執筆当時、かなり心労がかさなっていたのだろう。

作中、犬を亀、「いま何時ですか」を「掘った芋いじるな」という外来語のジョークが出てくるが、前者は明治のころによく使われたジョーク、後者はジョン万次郎の英語習得書に登場する暗記法としてよく知られている。先の対談のなかで、比呂志は〈たいへん陽気な、冗談ばかり言っているところもありました〉と父・龍之介のことを語っている。

そこで私は、東京帝大英文科卒で、冗談が好きだったという龍之介の代わりに、実父の新原敏三《にいはらとしぞう》に英語にまつわるジョークを言わせてみた。敏三は、大正八年（一九一九年）三月十五日、スペイン風邪で死去。享年七十。

ちなみに龍之介は、面長で痩せているから背が高いように見えるが、じつは五尺二寸、三寸だったという。つまり百五十七から百六十センチ。比呂志の身長は一メートル七十一センチだと言っているから、〈父の着物をぼくがいま着てみると、つんつるてんで脛《すね》の途中までしかない〉のも無理はない。


第四話「それは十二階からはじまった」

大盗・鵺《ぬえ》の丙五郎《へいごろう》のモデルになった人物は何人かいる。篠田鉱造《しのだこうぞう》『明治百話』には、土蔵破り・渡辺金兵衛（偽名は沢田平四郎）、殺人犯・中川吉之助、破獄犯・中川大八ら実在した犯罪者が登場するが、鵺の丙五郎の造型の際に大いに参考になった。このうち金兵衛は、筋骨たくましい大男で、右手だけでも五人力。捕縄をかけられても断ち切ってしまう。年齢は四十年配。多くの人間を世話していて、その家を隠れ家にしてあちこち移動していたという。

凌雲閣《りょううんかく》、いわゆる浅草十二階については、多くの作家や文人が作品に取りあげている。とりわけ有名なのは、幻想小説の傑作といわれている江戸川乱歩《えどがわらんぽ》の『押絵《おしえ》と旅する男』。ミステリーファンにはお馴染みの作品。時代設定は、明治二十八年だから本作よりも五年ほど後になる。『押絵と旅する男』のなかに、凌雲閣から双眼鏡で下界を眺めている男が登場するが、本作でもゲストとして登場してもらった。

伊井圭《いいけい》の第三回創元推理短編賞受賞作「高塔奇譚《こうとうきたん》」を含む、明治の東京で起きた五つの事件を収録するミステリー短編集『啄木鳥探偵處《きつつきたんていどころ》』にも凌雲閣は「魔の塔」として登場する。のちにアイヌ語の研究者として知られる金田一京助《きんだいちきょうすけ》がワトソン役、石川啄木《いしかわたくぼく》がシャーロック・ホームズ役となって難事件を解決するというシリーズだが、時代設定が明治四十二年となっているので、本作よりも二十年ほど後になる。

その啄木は、『一握の砂』のなかに〈浅草の凌雲閣のいただきに腕組みし日の長き日記かな〉という一首を残している。凌雲閣にのぼっては孤独をいやしていたらしい。凌雲閣の裏手には私娼窟《ししょうくつ》があって、啄木は「塔下苑」と称して徘徊《はいかい》していたようだ。

田中聡《たなかさとる》『名所探訪　地図から消えた東京遺産』には、金子光晴《かねこみつはる》の「浅草十二階」という詩が紹介されている。〈十二階は、東京名物の奇妙なすつぽん茸、皮かぶりの陰茎〉とは、金子らしい発想。また、劇作家の久保田万太郎《くぼたまんたろう》は「絵空事」のなかで、〈昔の浅草には、「十二階」という頓狂《とんきょう》なものが突っ立っていた。／赤煉瓦を積んだ、その、高い不器用なすがたは、どこからも容易に発見出来た〉と書いている。田山花袋《たやまかたい》、芥川龍之介、谷崎潤一郎《たにざきじゅんいちろう》らも作品に登場させている。いまなら場所も近いし、さしずめ東京スカイツリーといったところだろう。

凌雲閣が関東大震災で倒壊したことは第四話の末尾で書いているが、二〇二三年九月一日は関東大震災の発生から百年を迎えたということで、各地で犠牲者を悼む行事がおこなわれたり、メディアで関連番組が放送されたりしていた。

浅草十二階の美人コンテストについても、いろいろな本で紹介されている。いま紹介した『名所探

訪　地図から消えた東京遺産』のほか、井上章一《いのうえしょういち》の評論『美人コンテスト百年史　芸妓の時代から美少女まで』、写真満載の『美女の日本史』と『幕末明治美人帖』などで取りあげられている。なお、〈五位にはいったのは、二十八歳の小つるという年増《としま》の柳橋芸者だった〉という記述が本作にあるが、二十二歳説もあることをつけ加えておく。

さて、「郵便集配人・喜三郎2」がどうにかこうにか出版されたところで、「喜三郎3は？」という声が聞こえてきそうである。

いまのところ漠然とした構想はあるが、形としては整っていない。喜三郎は今後どうなるのか、あるいは喜三郎が関わった事件で書きもらしていることはないか等々、作者としても気になるところである。

「喜三郎2」は三か月で書きあげてしまったが、次回作はもうすこし手間がかかりそうだ。出版までこぎ着けるかどうかは未定だが、一冊の本になることを夢みてコツコツと書きつづけていきたいと思う。

二〇二三年九月吉日

作者記す

【著者紹介】

伊原　勇一（いはら　ゆういち）
1953 年、東京生まれ。早稲田大学卒。
33 年間、埼玉県で公立学校の国語教師を勤める。
江戸の文芸・絵画をやさしく解説した『江戸のユーモア』（近代文芸社）、幕末の浮世絵師を描いた『反骨の江戸っ子絵師　小説・歌川国芳』（文芸社）、若き日の浮世絵師の夢と挫折を描いた『喜多川歌麿青春画譜』（同）、奇想の絵師・河鍋暁斎の半生を描いた『明治画鬼草紙』（同）など著書多数。
2021 年、『春信あけぼの冊子』（筆名：竹里十郎）にて第 21 回歴史浪漫文学賞・創作部門優秀賞（１編）を受賞し、『鈴木春信　あけぼの冊子』と改題して郁朋社より出版。
23 年、受賞後第１作として『郵便集配人は二度銃を撃つ 』（同）を出版。

それは十《じゆう》二《に》階《かい》からはじまった
――郵便集配人《ゆうびんしゆうはいにん》・喜三郎《きさぶろう》２――

2023 年 10 月 17 日　第１刷発行

著　者 ― 伊原《いはら》　勇一《ゆういち》

発行者 ― 佐藤　聡

発行所 ― 株式会社 郁朋社《いくほうしや》

〒 101-0061　東京都千代田区神田三崎町 2-20-4
電　話　03（3234）8923（代表）
ＦＡＸ　03（3234）3948
振　替　00160-5-100328

印刷・製本 ― 日本ハイコム株式会社

落丁、乱丁本はお取り替え致します。

郁朋社ホームページアドレス　http://www.ikuhousha.com
この本に関するご意見・ご感想をメールでお寄せいただく際は、
comment@ikuhousha.com までお願い致します。

 ISBN978-4-87302-803-3 C0093